U0074095

金蘋果惹的禍

世 界 經 典 傳 說 24 篇

郭心雲／著

自序

說好聽的故事

在科學不發達的年代，由於氣候異常或戰爭，時常發生不可預期的天災人禍，都靠人類的智慧來克服各種災難。那時的人們，往往把救苦救難的人神格化，口耳相傳，一代又一代，便成為美麗的傳說故事，因此，每一篇傳說故事都有不同的主題、地理位置和時空背景。

收集兒童故事是有心的尋覓，也有巧遇的趣味。記得，有一次到馬祖旅遊，看到當地有好幾座大小不一的廟宇，發現其中一座大廟是沒有龍柱的，我想，無論在臺灣或大陸，所看到的廟宇都雕有蟠龍，這座宮廟為何沒有呢？因為好奇使我又收集到一則傳奇故事（且先把它放到記事簿裡）。

本書共有二十四篇各地的傳說故事，其中十四篇，有的保持原汁原味，有的或多或少注入一些新觀念，有的去蕪存菁，改編成更適合給孩子看的讀物。例如：「人和野獸」說的是捕魚郎在洪水中同時救了老虎、大蟒蛇和人，老虎和蟒蛇都知道感恩

圖報，人卻見利忘義；「妃子樹」說的是帝王的深情，妃子的依戀，死後仍緊緊相依；「河神發怒」描寫人類的貪婪，對生態環境的破壞和予取予求，造成大自然的反撲；「孝牛泉」說的是小羊跪著吃奶，小烏鴉餵老烏鴉喝水，小牛找水給老牛喝，飛鳥、動物都知道反哺，人類更要懂得孝順父母。

另外十篇是希臘神話故事，希臘神話多彩多姿，給人無限想像空間，據說，它也是歐洲文化的根源呢！想知道一顆小小的金蘋果，為什麼會惹來大大的禍事？碩大美麗的向日葵是什麼變的？為何從日出到日落總跟隨著太陽轉呢？書中自有答案。

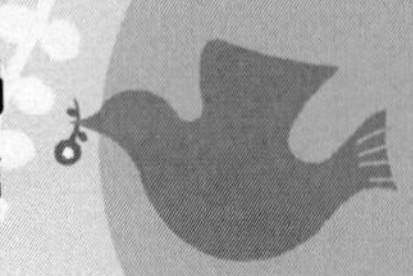

希望這本書讀者看了感覺有趣好玩之餘，也能具有啟發性，起寓教於樂的作用，那是作者最感欣慰和快樂的事。

目錄

希臘傳說

臺灣傳說

中國傳說

世界傳說

希臘傳說

1 奧林帕斯山神族——宙斯

希臘神話是一連串光怪陸離又迷人的故事。

據說當時，眾神居住在天庭奧林帕斯山，他們擁有神力，但是和世間凡人一樣，也有愛恨情仇，因此，就形成了一個充滿想像的奇幻世界。我們先來認識一下奧林帕斯山神族……

在上古時代，天神克羅那斯為了保住統治權，每當他的妻子瑞亞生下了孩子，他立刻就把剛出生的嬰兒搶過來，一口吞到肚

子裡。瑞亞眼睜睜看著自己辛苦懷孕十個月才生下的孩子，一個個被丈夫吞掉，心裡感到氣憤又傷心，但是他的神力實在太厲害了，一直拿他沒辦法。

當瑞亞懷第六個孩子時，她鼓起勇氣對克羅那斯說：「求求你，留下我肚裡的孩子吧！」

「不，上一代的天神預言，我的兒子將來會奪去我的王位，所以我絕不讓這種事情發生。」

「可是，你已經吞了五個孩子了呀！」瑞亞忍不住哭喊著：「你太殘忍，太殘忍……」

克羅那斯看到瑞亞可憐的樣子，不禁有些心軟，不過他還是冷酷無情的說：「告訴妳，妳生幾個，我就吞幾個，聽明白了吧！」

瑞亞對丈夫完全絕望，她漸漸冷靜下來，母愛使她變得更加勇敢，她決心要保住肚裡的孩子。她先去看大地之母該亞，並求得該亞的幫助，然後，找個理由瞞住克羅那斯，偷偷跑到愛琴海中的克里特島，在那裡生下了一個男孩，取名叫宙斯。

瑞亞生怕丈夫起疑心，就把宙斯交給該亞照顧，自己匆匆趕回奧林帕斯山。她手裡抱著用嬰兒衣服包裹的大石頭，心裡七上

八下的走到丈夫面前，說：「這是我剛生下的孩子。」

克羅那斯接過包裹，也沒打開來看，就囫圇吞下肚了。這時，瑞亞才暗暗的鬆了一口氣。

該亞把宙斯藏在島中的石洞裡，派了兩個仙女扶養孩子；她們倆用神羊的奶和蜂蜜餵他，又找了島上的精靈來保護他。每當宙斯哭鬧，精靈就連忙揮動武器，利用刀劍敲打的聲音來掩蓋孩子的哭聲，免得被克羅那斯聽見。

一個母親不能親眼看到兒子牙牙學語、嬉戲奔跑……只能暗地裡想著他天真可愛的笑容，揣測他日漸茁壯的模樣，那種日子

是漫長而痛苦的。有一回，克羅那斯要出去一整天，瑞亞逮到機會趕緊跑到克里特島。當她看到宙斯長成一個美少年時，不由得淚流滿面，她輕聲呼喚：「宙斯，我親愛的孩子……」

瑞亞遠遠望著宙斯，卻不敢上前擁抱他，因為她會捨不得離開，而且，如果引起克羅那斯的懷疑，那就大大不妙了。所以，她只是來看看孩子，就強忍著悲傷，回奧林帕斯山去了。

直到有一天，該亞帶領著長大成人的宙斯來到瑞亞面前，母子相認後，才計畫救出五個先前被克羅那斯吞掉的孩子。那天，瑞亞趁四下無人之際，把一包從該亞那兒要來的吐藥，倒入盛著羊奶的金杯裡，臉上堆著笑，端給克羅那斯：「這是牧羊神剛送來的新鮮羊奶，你趁熱喝了吧！」

克羅那斯倒也痛快，接過金杯咕嚕咕嚕一口氣把羊奶喝光了，他發覺羊奶的味道有點怪，可是來不及了。「哈哈，克羅那斯，你中計了！」瑞亞高興大笑，「快，快還我的孩子……」

話沒說完，克羅那斯突然感到一陣強烈的噁心，嘴一張，把當初吞下的孩子，一個個全吐出來。這些孩子在克羅那斯的肚子裡一二十年，都長大了，他們是宙斯的哥哥和姐姐。

克羅那斯和瑞亞都是天神，生下的孩子自然也是神族，天生就有神力，而且宙斯比他的父親、兄姐聰明，更有智慧。經過長久的戰爭，宙斯得到其他天神相助，終於打敗克羅那斯，奪取了王位。

後來，宙斯與好幾個女神、凡女，生下很多神和英雄，組成了神族，住在希臘奧林帕斯山，分別掌管全宇宙。有趣的是整個神族幾乎都是宙斯的兄弟姊妹、妻子兒女，他自己則成為眾神之王。

2 太陽神與月神——阿波羅與黛安娜

眾神之王宙斯長得高大英俊，但是風流成性，經常和美麗的女孩子談情說愛，不過，他娶了一個很愛吃醋的天后希拉。當宙斯和女神麗托談戀愛，麗托懷了身孕的消息，傳到希拉的耳朵裡，她氣得摔茶杯，砸花瓶：「哼，好個宙斯，又到外面拈花惹草！我是拿你沒法子，那就看我怎麼對付那個小妖精！」

希拉氣呼呼的把麗托趕出奧林帕斯山，又派遣她的聖物孔雀

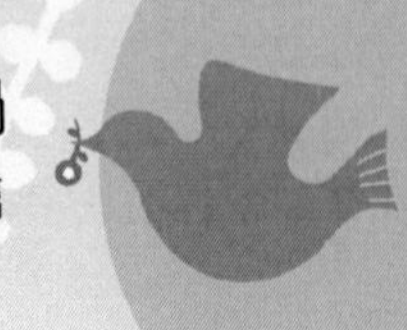

飛到各地傳達旨意，禁止任何人收留麗托。

宙斯聽到天庭傳來乒乒乓乓的聲音，知道東窗事發，他有點心虛，怕希拉找麻煩，便一走了之，暫避風頭去了。

可是，因為大家都不願得罪天后，所以麗托走到哪裡，都沒有人敢收留。她肚子一天天大了起來，預產期快到了，還是到處流浪。她在曠野上呼喊：「宙斯，你在哪裡？我們的孩子快生了，你那個凶狠的老婆逼得我走投無路，你不能不管我呀！」

風神把麗托的呼救聲送入宙斯的耳裡，宙斯畢竟是眾神之王，他怎能讓他的愛人和即將出生的孩子餐風宿露？他不想正面和希拉起衝突，於是在暗中和她較量。

宙斯在愛琴海中找到一個遍地都是石頭，名叫狄洛斯的小浮島，既不屬於陸地，也不屬於海洋，是希拉管不到的地方。宙斯命海神從海底升上四根巨大的石柱，把這隨著風浪飄盪的小浮島穩住，讓麗托在這裡平安的生下一對雙胞胎兄妹，男的取名叫阿波羅，女的名叫黛安娜。

沒想到，希拉在奧林帕斯山向下俯視，看到麗托不但活得好好的，還生了雙胞胎，她心裡明白宙斯已出面管這檔事，眾神不會再聽她的了，她只能恨恨的自言自語：「我要叫小妖精母子生

活在恐懼之中。」

宙斯前腳一走，希拉後腳就到了，她一下子變成可怕的怪物，一下子變成凶猛的野獸，故意吼叫著在島上走來走去，嚇得麗托母子連門都不敢出。幸好，這事很快被宙斯發覺，不然，麗托母子會活活餓死。

希拉的狠毒，宙斯已領教過多次，雖然他有最高的權位，但希拉是天后，也是他的姐姐，凡事都讓她三分，是他一向的作風。為了避開希拉的監視，宙斯把麗托母子安置在一個很隱密的山上，這裡有果樹、蜂蜜和牛羊，他對麗托說：「這地方很安

全，沒有人會來打擾，你安心在這扶養孩子吧！」

「你要走了嗎？」麗托依依不捨的說。

「是的，天庭有很多事等著我去處理呢！」宙斯很喜歡這對雙胞胎，他抱抱阿波羅，又親親黛安娜，臨走前他賜給阿波羅一輛黃金天鵝車，並許下諾言：「阿波羅是未來的太陽神，也是神諭的發言人，他將主宰光明、文學、藝術和醫藥。」

「那……黛安娜呢？」麗托急忙問。

「黛安娜嘛，以後再說吧！」宙斯一時想不起送什麼好。

天庭事情多，宙斯很忙，很少來看麗托母子。日子過得很

快，轉眼這一對雙胞胎長大成人了；阿波羅健壯俊美，黛安娜溫柔美麗。

阿波羅常駕著天鵝車，有時打樹梢掠過，驚動森林女神：「這少年長得可真俊哪！」有時由海面踏浪而來，引得海中仙女紛紛探出頭來：「哇……這年輕小夥子身體好強壯啊！」有時遊走天際，天庭的神族們心中都打個問號：「這是誰家的兒子？」

宙斯看到時機已經成熟，便派人把雙胞胎找來，先收回天鵝車，再交給阿波羅一輛金光燦爛的日車：「現在起，由你掌管太陽。」接著又把一輛銀光閃閃得月車交給黛安娜：「月亮由妳來

管，希望妳溫柔的銀光，普遍照耀著大地，海洋和天空。」

當天后希拉知道這一對出色的新神族是麗托的兒女，雖然恨得牙癢癢，但是也只有羨慕的份兒了。

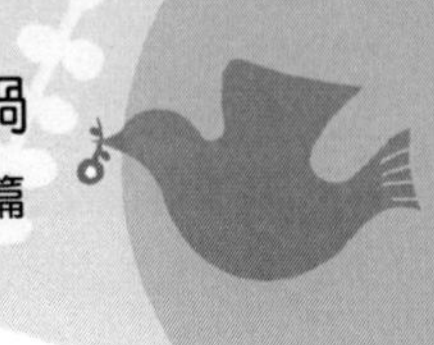

3 美麗的向日葵——柯萊蒂

月神黛安娜掌管溫柔的月亮，她本人卻喜愛狩獵，一有空閒就跑到森林裡去打獵。她還把原來的漁獵女神趕走，自己擔負起漁獵的責任，成為獵神，山林中的仙女們也都成了她的朋友和助手。

黛安娜常找她雙胞胎哥哥太陽神阿波羅一塊兒去打獵。阿波羅每天從早到晚日復一日執行他的任務，日子久了，偶爾也會感到乏味，所以，只要黛安娜捎來消息，他便暫時把日車藏到雲層的後面，再去趕赴妹妹的約會。

阿波羅是所有天神中長得最英俊瀟灑的男神，不但多才多藝，神力又高強，渾身散發著光芒，走到哪裡，都引來人們愛慕的眼光。有一天，阿波羅兄妹和幾個小仙女，下凡到一座林木蔥蘢的山上去打獵，他們一行人沿著河邊小路往森林深處走去。

仙女們嘰嘰喳喳的談笑聲，驚動了水澤女神柯萊蒂。她輕輕撥開河中長長的水草，探出頭來往外望，正巧看到阿波羅打她門前走過，她立刻被阿波羅的風采深深吸引，目不轉睛的喃喃自語：「啊……這人是誰？長得這般俊美！」

走在最後的小仙女看了她一眼，說：「他是太陽神阿波羅。」

「我相信，世界上沒有比他長得更好看的人了！」柯萊蒂對阿波羅一見鍾情，兩眼緊盯著他的身影，片刻也捨不得離開。

小仙女不高興的撇撇嘴說：「月神黛安娜沒邀妳狩獵，妳跟著我們幹嘛？」

「我……」柯萊蒂這才注意到，阿波羅一旁有說有笑的黛安娜。

看到美麗的月神，柯萊蒂感覺自己像醜小鴨，不免有些自慚形穢。她羞於上前自我介紹，也不敢表露仰慕之意，只盼望阿波羅能回頭看到她，和她說說話，便心滿意足了。

然而，阿波羅連看都沒看柯萊蒂一眼，她只好靜靜的在一旁，看他們打獵、彈琴、唱歌，直到阿波羅想起未完的任務，匆匆跳上一片浮雲，飛向天空，漸漸消失不見。霎時，陰沉的天空開朗了，陽光乍現，阿波羅又駕駛日車按照每天必走的路線，往西方行進。

阿波羅一走，月神和仙女們也帶著獵物一哄而散。

「啊！那是他的日車……」柯萊蒂追著太陽光，跑到森林外空曠的野地裡，痴痴的凝視著日車，心裡渴望著阿波羅再度降臨人間。

圓圓的落日，沒入地平線，黑夜來臨。癡情的柯萊蒂站累了，就坐在地上，夜晚也不回去，一個人呆坐在野地裡，等待黎明的到來。一連七日，白天追日，夜晚等待，柯萊蒂不吃不喝，終於日漸憔悴、衰弱了。

野地裡的精靈們同情的說：「柯萊蒂，妳這樣下去，就算鐵打的身子也吃不消哇！快吃點兒東西吧！」

「柯萊蒂，別傻了，偉大的太陽神怎會看上貌不驚人的妳呢？回去吧！」有個精靈勸著。

「不，我……我要繼續等……等……」柯萊蒂的聲音越來越微弱。

山林的仙女們也知道了，她們被柯萊蒂的癡情所感動，主動的把這件事告訴月神。「唉！」黛安娜嘆了一口氣說：「阿波羅已經有要好的女朋友了，請你們轉告柯萊蒂，讓她死了心吧！」

可是，柯萊蒂對這些勸告全聽不進去，仍然苦苦的等下去。

最後連眾神都憐憫她，天神仁慈的把即將枯萎的水澤女神變成一

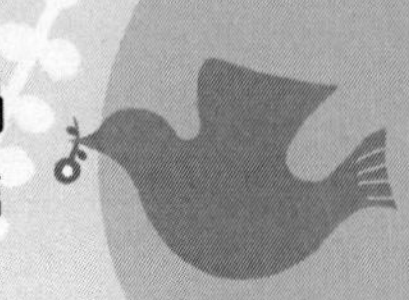

大朵美麗的向日葵，並允許它的種子散播到人間各個角落。

從此，太陽照得到的地方，都能生長金黃色的向日葵，這花隨著阿波羅日車的方向轉動，永遠不變。

4 天才使神——赫美士

赫美士是天帝宙斯和女神邁亞所生的兒子，他天生聰明狡猾，賊頭賊腦，但也是個調皮搗蛋的有趣天神。

打從出娘胎的那天，赫美士就跳出搖籃，偷偷溜到山洞外面玩耍。他看到地上有隻烏龜，馬上捉住龜背把龜肉挖出來，繫上幾根羊腸，作成一架豎琴，據說，這是一切樂器的開始。

赫美士抱著琴，叮叮咚咚的彈唱出悅耳動聽的歌曲。他發現

他自己無師自通，能彈會唱，就彈得越起勁，不知不覺走到奧林帕斯山山腳下。

抬頭看到一座很大的牛舍，裡面關著太陽神阿波羅飼養的牛群。這時赫美士走累了，肚子也餓得咕嚕咕嚕叫，便殺了兩頭牛吃，並且偷走五十隻牛，把這一群牛藏到森林裡。

沒想到，被看守牛舍的老頭逮個正著：「你這個小娃兒好大膽，竟敢偷太陽神的牛！」

「老公公，求求你不要說出去好嗎？」

「不，我得跟主人報告。」

「不……不要……」赫美士一急，把老頭變成石頭。然後，在天亮前回到基內連山，他出生的山洞裡，跳進搖籃，穿上嬰兒服，裝可愛。

不久，偷牛的事被阿波羅知道了，他怒氣沖沖的跑到基內連山的山洞，一把抓起赫美士：「你這個人小鬼大的調皮蛋，還我的牛來！」

「放我下來，放我下來，」赫美士雙腳亂踢，大喊大叫，「你亂講，我沒偷你的牛。」

「快說，你把我的牛藏到哪裡去了？」

「我說沒偷就沒偷，你不要賴我嘛！」

「你再不說，我就把你丟到克里特島給牛首人體獸吃。」阿波羅故意嚇他。

「偉大的太陽神怎麼可以欺負我一個小娃娃？也不怕眾神知道了笑你。」

阿波羅說不過赫美士，不得已放他下來：「走，我們找天帝評理去！」

赫美士一點兒也不怕，他腳套帶翼涼鞋，頭戴裝著翅膀的帽子，忽前忽後，嘻皮笑臉討好阿波羅；一會兒說笑話，一會兒彈

琴，弄得阿波羅哭笑不得。

到了天帝的宮殿，阿波羅說了事情的經過。宙斯看看阿波羅，又瞧瞧赫美士，一個長得健壯俊美，身任重要的神職；一個能說善道，狡黠聰慧。這兩個同父不同母的兒子，他都喜歡，便威嚴的說：「赫美士，你幹的事怎能逃過我的眼睛，還不快快把牛群還給阿波羅？」

「我還他就是嘛！」在天帝的面前，赫美士不敢狡辯，只能乖乖聽話。

阿波羅找回失去的牛群，可是，想到被吃掉的兩條牛，仍然餘怒未消。他對赫美士說：「你是個可怕的小傢伙，以後離我遠一點。」

「我哪有那麼可怕？」

赫美士想改變阿波羅對他的印象，拿起豎琴彈奏出輕快活潑的曲子。

這美妙動人的琴聲，令阿波羅聽得入迷，不由得伸出大拇指，讚美說：「你這個小傢伙真是天才！可以教教我嗎？」

「好吧！」赫美士不但教會阿波羅彈琴、編曲和作詞，還把親手製的豎琴送他，作為兩人和好的禮物。

阿波羅畢竟是偉大的太陽神，出手大方，他回送那五十隻牛和一條趕牛鞭子給赫美士，並讓他成為畜牧業的保護神。

天帝宙斯看到這件糾紛終於圓滿落幕，阿波羅和赫美士這一對同父異母兄弟也成為好朋友，心裡很高興。宙斯又想到赫美士剛出生，就一個人橫衝直撞，有膽量更富有冒險精神，決定派他當「使神」，專門傳達宙斯的旨意，也幫眾神跑跑腿。從此，赫美士小小年紀，就四處「趴趴走」了！

5 紡織的比賽——雅典娜

智慧女神雅典娜是從天帝宙斯的頭上生出來的，她一出生就手持長矛，全身穿著黃金盔甲，象徵她是女戰神。雅典娜有超越神人的聰明才智，創造出多種技術，所以也是手工藝者的保護神。

古希臘人認為雅典娜主宰紡織，女孩子想要學得一手好的紡織術，就要常常向雅典娜膜拜禱告。

傳說，在小亞細亞西海岸有個名叫阿拉庫妮的少女，從小就

喜歡紡織，她的手很靈巧，織出來的布帛非常精緻漂亮，好像不是凡人能織得出來。因此，當時有流言說，阿拉庫妮的紡織技巧是雅典娜教導的。

「我從沒有受過任何人指導！」阿拉庫妮聽到傳言，頭抬得高高的對人說，「如果雅典娜敢和我較量，我一定會勝過她。」

這樣驕傲又不禮貌的話傳到雅典娜的耳朵裡，令她十分生氣，本來要立刻懲罰這個少女，但她是慈愛的女神，想先警告阿拉庫妮。雅典娜化身成一個老婆婆，來到少女的面前勸她說：「阿拉庫妮，妳不能太自負，要懂得謙虛，更不能褻瀆天神，那

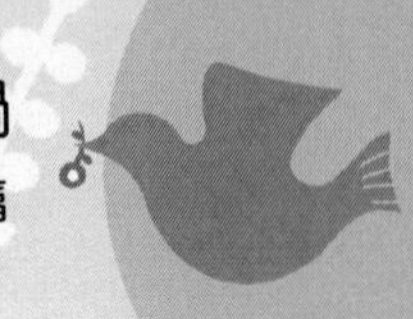

樣對妳不好哇！」

「我不要聽妳這個老太婆囉哩囉唆，我相信我的紡織技術世界第一。」

「哇！好大的口氣。」雅典娜一轉身立刻恢復女神莊嚴的模樣，她瞧阿拉庫妮一點兒也沒有悔改的意思，便說：「好吧，妳想比賽就來吧！」

於是，阿拉庫妮拿出各色彩線，兩人分別坐在紡織機前開始比賽。雅典娜織的是花鳥的圖案；阿拉庫妮以眾神為題材，故意把天神織成猴、豬、牛等動物，這對眾神是大大的不敬。

雖然雅典娜看出阿拉庫妮的紡織技術確實比自己要高明些，但是天神是神聖不可侵犯的，她一定得懲罰這個目中無神的少女。她把阿拉庫妮變成蜘蛛，永遠吊在蜘蛛網上不停的織下去。

這是雅典娜第一次和人比賽的結果。

＊＊＊

另一次是和海神波賽頓。古代有位英雄在阿提加建立了一座新城市，請海神波賽頓和智慧女神雅典娜來為新城命名。他們倆都想要爭取到這分榮耀，便約定每人送一件禮物給新城的百姓，看誰送的禮物比較受百姓歡迎，誰就爭得命名權。

海神是掌管海洋的神，他神力強大，整天拿著一把三股鋼叉，只要他搖動鋼叉引發海嘯，海水能將陸地吞沒。波賽頓回到海底水晶宮裡，打開一個個裝珊瑚、珍珠寶貝的箱子，看了看，搖搖頭：「這些都不適合，我送的東西要人們天天用得著，而且要源源不絕。」

到了比賽那天，新城的小山丘上圍滿了人群，眾神們也在一旁當見證人。號角聲響起，長了一臉落腮鬍子的海神波賽頓走入會場，高高舉起三股鋼叉，大喝一聲：「看我的禮物來也！」

只見鋼叉重重的往地面上插下去，一股清澈的泉水汩汩流

出，有位天神拿出杯子舀水嘗了一口，說「這是鹽水泉。」

智慧女神雅典娜微微一笑，走上前揮動她的長矛，在會場的另一邊地上輕輕畫個小圓圈，圓圈中立即長一棵結滿青果子的橄欖樹。新城的百姓拍手歡呼，大家都認為，鹽固然是生活必需品，可是，橄欖樹更是日常不可缺少的食物和油料。因此，這場比賽雅典娜贏了。

智慧女神高高興興的用她的名字前面兩個字「雅典」，作為新城的名字，同時也成為雅典的保護神。再說海神波賽頓輸給了智慧女神，一氣之下，將海水倒退出雅典城外好幾里遠呢！

6 金蘋果惹的禍——維納斯

古希臘有個公主要結婚，國王和皇后邀請奧林帕斯山的眾神來參加婚禮，唯獨沒有發請帖給女神厄里絲，因為這個女神特別喜歡搗蛋，有她在場，怕到時候出什麼意外，影響到婚禮的進行。

但是厄里絲還是得到了消息，她覺得很沒面子，氣呼呼的撂下狠話：「嘿！竟敢瞧不起我，那就叫你們嘗嘗我的厲害！」

婚禮舉行那天，眾神都穿著禮服來參加婚宴，尤其是女神個個穿金戴銀，打扮得非常美麗大方。厄里絲化身為一隻大嘴鳥，嘴裡咬著一個金蘋果，悄悄飛入皇宮，停在宮殿的屋簷上，等婚禮舉行了一半，把嘴一張，金蘋果咕嚕嚕滾落到神使赫美士的腳邊，立刻引起大家的注意。

赫美士彎腰拾起一看，金蘋果上寫著一行字：「送給最美的女神」。

金蘋果是個象徵，有了它，就擁有最美女神的頭銜。於是，眾女神不約而同的伸手去搶金蘋果，現場頓時陷入一片混亂，婚

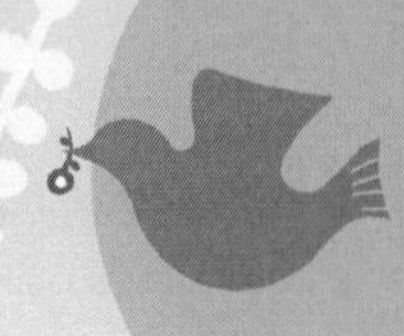

禮也草草結束。

「嘻……正如我所料。」厄里絲看到這情景，得意的偷笑著飛走了。

天帝宙斯瞄到天空一抹黑影，知道這混亂的局面是厄里絲的惡作劇，但他也想瞧瞧熱鬧。大家看天帝宙斯沒表示意見，便選出天后希拉、智慧女神雅典娜、愛和美神維納斯為代表，並由神使赫美士去找一個公正的裁判人，準備從這三個女神中選出最美的一個。

這時，特洛伊城的小王子帕里斯正好在附近的伊大山打獵，

赫美士找到他，把金蘋果也交到他手上：「聽說你對美有獨到見解，請你當女神的裁判好嗎？」

「這……這太好了！」

年輕的帕里斯覺得，這真是天上掉下來的好差事，滿口答應。直到三個女神一字排開，站在帕里斯的面前，他才發覺這差事不好做，因為這三位女神都美得出奇，幾乎分不出高低。帕里斯左右為難，不知該把金蘋果送給哪個才好。

天后希拉等得不耐煩了，她說：「帕里斯王子，你把金蘋果判給我吧！我能使你成為世界上最有權力的國王。」

帕里斯是特洛伊的王子，本來就有機會登上王位，這個誘惑對他說並不大。

智慧女神雅典娜看希拉先發言，她也接著提出條件：「你如果把金蘋果給我，我將使你成為世界上最聰明、最有才智的人。」

帕里斯早就自認是個絕頂聰明的人，對這個條件也不感興趣。

愛和美神維納斯溫柔的笑了笑說：「你給我金蘋果，我就幫你找世界最美的女人，嫁給你為妻。」

帕里斯心想，如果能娶到這樣的美女，我就心滿意足了。

於是，他把金蘋果判給了維納斯。從此，「維納斯」就成為天上和人間美的代號。

「維納斯，你要記得答應我的事。」帕里斯說。

「放心吧！我不會忘記我的諾言。」維納斯說完，就和希拉天后、雅典娜一塊兒回奧林帕斯山去了。

過了不久，帕里斯王子奉旨到斯巴達王國訪問，遇見王后海倫，當時海倫是世界公認最美的女人。維納斯為了實踐諾言，由空中向帕里斯和海倫各射出一箭，那是愛神的箭，來無影去無蹤，只要箭頭輕輕碰觸，立刻會冒出愛的火花。

所以，當帕里斯和海倫相遇的那一剎那，就深深愛上了對方，兩人相約私奔逃回特洛伊城。斯巴達王得到消息異常憤怒，認為海倫被帕里斯誘拐，是生平最大恥辱，便聯合他的哥哥邁開尼王，動員全希臘的勇士，起兵攻打特洛伊城。

這場慘烈的戰爭長達十年，死傷人數難以估計，想來都是金蘋果惹的禍。這場戰爭的故事，流傳到數千年後的今天，一再被拍成電影，就是「木馬屠城記」。

7 藍眼公主——賽姬

從前希臘有一位名叫賽姬的公主，她長得清秀又甜美，尤其是那雙亮如星辰的藍色大眼睛，是多麼迷人！許多仰慕她的人，都帶著玫瑰花環唱著動人的情歌，打大老遠來看她，甚至連奧林帕斯山的眾神，也稱讚她的美麗。

當人們讚美賽姬的時候，愛和美神維納斯卻悶悶不樂，因為，她由天庭俯視人間她的神殿，竟然冷冷清清，年輕人把應該

奉獻給她的玫瑰花環和讚美歌曲都轉送給賽姬去了。嫉妒使維納斯的溫柔變不見了，她冷酷地命令兒子小愛神：「邱比特，我不喜歡賽姬公主，你用金箭射傷她吧！」

「是。」邱比特一向聽母親的話。他揹著弓箭袋飛到皇宮，找到公主住的地方，看到賽姬躺在床上睡覺，他摸出一隻金箭搭上弓對準她，這時她正好醒來，邱比特瞧見她那雙如海洋般藍的眸子，好像被電觸到，手微微抖動了一下，金箭脫手而出，意外地射向自己，邱比特沒傷害到賽姬，反而深深愛上了她。

維納斯看到邱比特空手而回，心理有數，他又說：「賽姬是

個好姑娘，她的美麗無人能及啊！」

維納斯聽兒子讚美別人心理更生氣，她一方面運用神力阻止年輕人追求賽姬，一方面跟邱比特說：「我不喜歡的人，你也不許和她見面，知道嗎？」

「我知道。」邱比特嘴裡答應著，心理另有打算。

賽姬公主越來越美麗，奇怪的是卻無人追求，而她的姐姐們都嫁人了。國王和王后感到很困惑，認為觸怒了天神，便到太陽神阿波羅的神廟，問祭司求神的指示，祭司請示過神後告訴國王：「賽姬公主的丈夫具有凡人無法抗拒的力量，是個偉大的

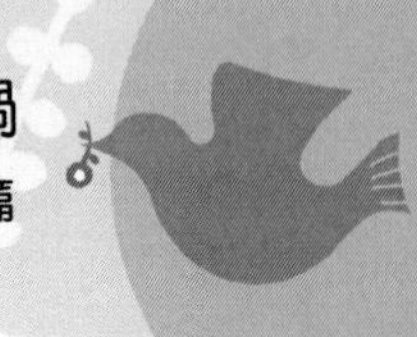

神。」

國王和王后驚訝得說不出話來。

祭司接著說：「你們給公主穿上華麗的衣服，帶她到山頂上，她的丈夫自然會來接她。」國王和王后以為賽姬的丈夫是個可怕的妖怪，不敢違背神的指示，只好回到皇宮按照祭司說的，悲傷的把賽姬打扮好送到山頂上，獨自留下她走了。

賽姬害怕得哭了起來，這時突然刮起西風，將她輕輕吹送到山下長滿鮮花香草的山谷，那兒有一條清澈的小河，河邊的森林裡有座宏偉美麗的宮殿，她不由自主的走進宮門，發現裡面有許

多奇珍異寶、溫暖柔軟的床、精美的浴池和一桌熱騰騰的飯菜。她驚奇的呼叫：「有…有人在嗎？」

「公主，請妳安心的住下來吧！」

「誰……誰在說話？」賽姬環顧四周聽見人聲，卻看不見人影，她顫抖的說：「你……你們是不是妖怪……」

「不，我們是奉主人的命令供妳差遣的僕人。」

賽姬這才放下心來，而這群看不見的僕人，無論是吃的、穿的、住的，都把賽姬伺候得很周到。有一天宮殿的主人回來了，她同樣看不見他，只聽他深情的說：「賽姬，這一切都是我的苦

心安排，因為我非常愛妳，請答應做我的妻子吧！」說著就溫柔拉起她的手，輕輕一吻。

賽姬雖然看不見他的人，但感覺得到他的存在，他的誠意與深情令賽姬深深感動，當天夜裡他倆就成親了，從此，他夜裡來，天亮前離去。有一回賽姬求他：「我多麼想看清楚你的面貌，你白天留下不走好嗎？」

「不，」他柔聲說：「妳見到我可能會驚嚇到，也可能會崇敬我，這些我都不想，我只要妳把我當普通人一樣的愛我、信任我。」

「那麼讓我的三個姐姐來看我，行嗎？我太想念家人了！」賽姬又求他。

想到賽姬離家已有一段日子，獨自住在這裡，孤單又寂寞，難免會想家，他體貼的派西風，去接她的三個姐姐來到這美麗的山谷。起初，她們看到賽姬平安無事心裡很歡喜，再看妹妹穿的衣服比她們華麗，住的宮殿比她們富麗堂皇，食物也比她們豐盛，大姐忍不住說：「妹妹，妳這裡的所有，連帝王家也比不上呀！」

「這不是一般人可以享受到的，妳的丈夫一定有問題。」二

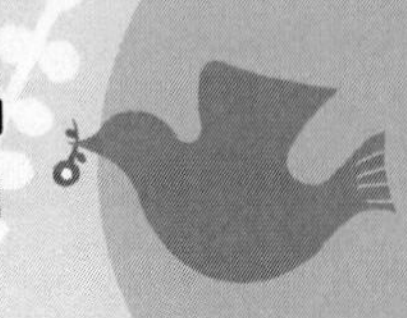

姐口氣冷冷地。

「妹妹，妳一定要找機會查清楚，妳的丈夫是不是可怕的妖怪？」三姐也說。賽姬聽了姐姐們的話，不禁又起了疑心。三個姐姐回去後，當天晚上半夜醒來，身旁的丈夫睡的正熟，賽姬悄悄起來點亮油燈，她發現燈光下的丈夫不是什麼妖怪，而是個金黃色捲髮的美少年，他有俊秀的五官和一對白色透明的翅膀，他莫非是愛神邱比特？

賽姬看到丈夫的真面目，高興得流下淚來，沒想到一不小心打翻了燈油，有些許油潑灑到邱比特的肩膀上，他痛醒了，知道這一切已無法再維持下去，便說：「不錯，我是愛神邱比特，妳如果愛我，為什麼要懷疑我呢？」說完，手撫著受傷的肩膀，悲傷地看了她一眼，然後，轉身飛回天庭去了。

「邱比特，我錯了，對不起……對不起……」賽姬悔恨交加哭叫著，就在這一瞬間，山谷、小河、宮殿全變不見，而賽姬美麗的藍眼也漸漸轉為暗淡了。

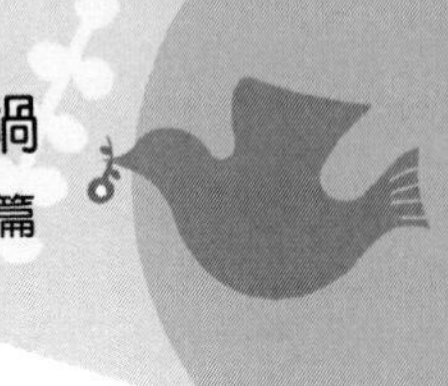

8 盜火記——普洛米修斯

在宙斯還未登上天帝的寶座之前，曾和泰坦神族打戰，得到獨眼巨人和普洛米修斯兄弟的幫助，最後取勝，也因而組成奧林帕斯神族統治全宇宙。宙斯給予普洛米修斯很大的權力，以答謝他的幫助，同時派他到凡間，要他依照神的形象塑造凡人，而且只能塑造男人。

於是，普洛米修斯就用泥土混合水，花了很多時間和精神，

造出一個個有頭有臉有四肢的人。這些人皮膚顏色、面目表情各不相同，宙斯看了很高興的說：「普洛米修斯你造的人，有的好看有的醜陋和神族長得差不多，太有趣了！我將為他們注入生命。」說完，對著一排排泥人吹口氣，從此，世界上就有了活生生的人類了。

宙斯想了想又說：「你要教人一些基本生活技能，也可以送任何禮物給他們，除了火之外。」

普洛米修斯睜大眼睛問：「為什麼？」

「火，只能為眾神所有，這是我的旨意。」宙斯口氣很嚴厲。

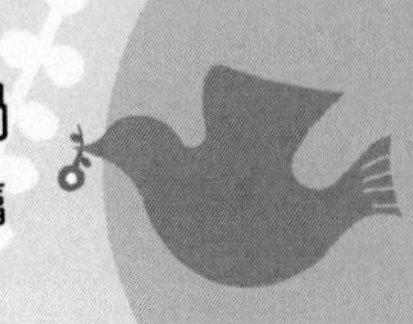

「是！是！」普洛米修斯不敢反對。他待在凡間教人們磨石刀、石斧等工具，又建造居住的地方；為了減輕勞力，教他們利用牛馬來耕作；還教導他們唱歌、跳舞和繪畫，學會這些生活技能，人能夠生存下來了。

然而，沒有火，食物必須生吃；夜晚氣溫陡降，屋內冷得像冰窟；也由於沒有火，無法用鐵打造刀劍，而石刀石斧抵抗不了野獸的攻擊，因此，人們身體日漸衰弱或病死或被野獸吃掉。普洛米修斯仁慈又善良，他不忍見到自己一手塑造的人類，日子過得這般艱苦，便決定悄悄上奧林帕斯山去偷火，只要有了火種，

人類的生活一定會改善。不過，他知道如果偷火成功的話，也只能瞞天帝於一時，不能瞞永久，而天帝的懲罰是逃不了的。

普洛米修斯先去割一段茴香的莖，莖心是空的，裡面可以藏火苗，而且不容易熄滅，外表卻看不出來。做好準備工作後，他去找他的弟弟艾比米修斯，把自己要做的事一五一十的告訴他，同時說：「弟弟，我走之後，你來接替我的工作繼續教導、照顧人們，那樣我才能安心，你願意嗎？」

「哥，我願意。」艾比米修斯擔心的勸說：「你還是不要去，天帝的懲罰嚴厲又殘酷呀！」

「為了人們生活能過得好一點，我甘願承受一切痛苦。」普洛米修斯想到弟弟性情比較軟弱、老實，又說：「我走後你要小心謹慎，尤其不可接受天帝送來的禮物。」

「為什麼？」艾比米修斯愣了一下問。

「我猜想，天帝送來的禮物會是個天大的禍害。」

「你放心，我不接受任何東西就是。」

普洛米修斯臨走前，把一隻裝著瘟疫、痛苦、仇恨、戰爭等等罪惡的金盒子，寄在弟弟那兒並且慎重叮嚀：「這隻金盒子千萬不能打開，你要記得哦！」

「哥哥的話，我會牢牢記住，你放心好了！」

那天，普洛米修斯來到奧林帕斯山一塊大岩石後面，等到太陽神阿波羅駕著日車，從每天例行的旅程中歸來，普洛米修斯趁他不注意，偷偷在日車上點燃一隻小火苗，藏在茴香的空莖中，小心翼翼的回到凡間，點燃起人間第一堆營火。

起初，人們不敢靠近火堆，普洛米修斯就故意自顧在火上烤肉吃，而且吃得津津有味，人們聞到肉香也信任他，便怯生生的走上前，發現火的溫暖和明亮。普洛米修斯看他們不怕火，就教導他們用火來燒烤食物、取暖、冶煉金屬製造工具，人類學會用

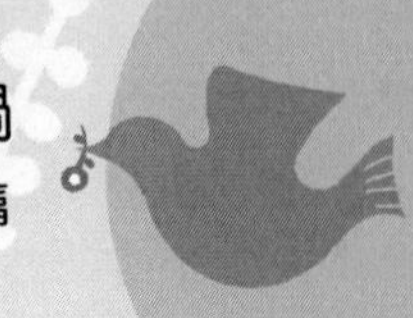

火，天帝宙斯便收不回去了。

有一天晚上，宙斯由天庭俯視人間，見到遠方營火點點，他有些吃驚：「啊！人間那來的火呀？」接著眉頭一皺，立刻明白普洛米修斯盜取了火種。

這還得了，違背天帝的旨意，唯一死罪。然而，普洛米修斯是天神不可能死去，天帝命令冶煉神打造一付斬不斷的鎖鏈，將他鎖住在一座大山上，承受風吹雨打、太陽曝曬，每天還派遣兇猛的大鷹去啄他，讓他受盡折磨。普洛米修斯不求饒，不向天帝屈服，經過三萬年無休無止的苦刑，才被一位名叫赫拉克勒斯的大英雄救出來。

9 天帝的美意——潘朵拉

普洛米修斯違背天帝宙斯的旨意，私自盜取天上的火種給人類，雖然，受到嚴厲殘酷的懲罰，但，天帝餘怒未消，他打算送一樣特別的禮物來擾亂原本祥和平安的人間，宙斯在天庭跟眾神說：「現在人間全都是男人太單調了，你們合力塑造個女人吧！」

「是……是……」眾神，唯唯諾諾答應著。

宙斯首先命冶煉神黑拉斯塔斯，用水和土依女神的形象做出一個女人；再命美神維納斯，送給她美麗、溫柔和嬌媚；智慧女神雅典娜給她編織手工藝的才華；使神赫美士給她狡猾，好奇、耍賴的個性，最後天帝吹口氣給她注入生命。於是，一個完好美麗的女人誕生了。

天帝宙斯給這個女人取名叫潘朵拉，意思是眾神的禮物。他命令使神赫美士把潘朵拉送給普洛米修斯的弟弟艾比米修斯做妻子，「不……我不要。」艾比米修斯忽然想起哥哥盜火受罰，臨走前曾警告他，天帝送來的禮物都是天大的禍害，決不能接受。

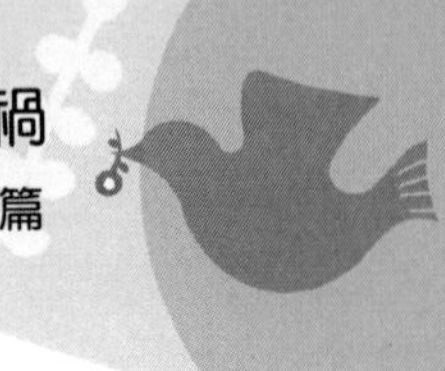

赫美士眼睛溜溜地轉呀轉：「這是集合天帝和眾神的力量，才能創造出這麼完美的女人來，別人想要都要不到，而你卻不要，這不是太奇怪了嗎？」

「我……我……不想……」艾比米修斯眼睛直直地盯著潘朵拉。

「不用多想，這樣溫柔嬌媚的女人有什麼不好？」赫美士輕輕把潘朵拉推上前：「天帝的美意，你總不好意思拒絕吧！」

赫美士的一番話打動了艾比米修斯，再說潘朵拉又美得像朵玫瑰花，讓他一見鍾情，如果，能和這樣美麗的人兒一起生活多

好呢！這樣一想，忠厚老實的艾比米修斯，就把哥哥的話拋到腦後去了。

赫美士完成任務飛回天庭去交差。艾比米修斯平白得到一位美女為妻，他看潘朵拉會燒烤美味的食物，編織保暖合身好看的衣物，並把居所整理得乾淨又舒適，他不懂哥哥怎麼會認為天帝送的禮物是禍害？那天潘朵拉整理家務，看見雜物堆裡有只佈滿灰塵的盒子，她把灰塵擦拭乾淨，發現那盒子金光閃閃，她自言自語：「好美的盒子，裡面裝了什麼東西呀？」

她正想打開來，卻被剛由外面回來的艾比米修斯看到，一個

箭步跳上去搶過金盒子：「不……不能打開。」

「盒子裡裝了什麼寶貝東西，這麼神祕？」潘朵拉瞪大眼睛問。

「這是我哥哥普洛米修斯的盒子，他寄放在我這裡已經很久了。」

「打開來看看嘛！」潘朵拉說。

「不，哥哥有交代，千萬不能打開這只金盒子。」

「你哥哥又不在，打開盒子看看，再蓋回去不就得了？」潘朵拉忍不住好奇。「不，絕對不可以……」他倆為了這件事鬧得

很不愉快。

艾比米修斯趁潘朵拉不注意把金盒子藏起來，不過，他感到奇怪的是潘朵拉為什麼如此好奇？其實，眾神創造她時就賦予她強烈的好奇心，只是他做夢也沒想到，那是天帝宙斯的計謀呢！

潘朵拉自從見到這只金盒子之後，好像著了魔似的，一直念念不忘。等到有一天艾比米修斯出遠門去了，潘朵拉趁機翻箱倒篋的找呀找，終於在隱密的角落裡找到金盒子，她心理一陣狂喜也興起一連串的問號：這裡面裝的是金銀珠寶，還是什麼神祕聖器？要不然，普洛米修斯為何不讓人打開呢？她又想，我只打開一點點，偷偷看一眼，滿足我的好奇心就好，這應該沒什麼大不了的吧！

潘朵拉毫不猶豫的用工具撬開盒子上的鎖，然而，當她揭開盒蓋的剎那間，盒裡猛地衝出一股濃密的黑煙，飛奔上天，像條遊龍遊向四方，久久才逐漸散去。她嚇得花容失色，急忙把盒子蓋上，可是，卻怎麼也蓋不上了。

原來，那股黑煙是普洛米修斯千方百計收服，又特別小心謹慎關在金盒子裡的疾病、悲痛、仇恨、嫉妒、詐騙等等邪惡精靈，這一下全散播到人間去了，成為人類永久的禍害。所幸，普

洛米修斯非常精明，他把「希望」精靈，隨同那些邪惡精靈一起關在盒子裡，人類因為有了希望也就有安慰，所遭受的痛苦，才不至於那麼深，那麼重呀！

10 愛琴海傳說——克里特島和雅典的戰爭

克里特島位於愛琴海最南端，也是愛琴海中最大的島。「愛琴海」這個名稱的由來，有一則傳奇又悲傷的故事……

傳說，海神波賽頓送給克里特島國王邁諾斯一頭紅棕色的公牛，作為拜祭天帝宙斯用，因為克里特島是天帝宙斯的出生地。邁諾斯王看這頭公牛長得壯碩，皮毛又美麗，越看越喜歡，捨不得殺牠來祭神，反而偷偷佔為己有，另外找別的牛來充數。這事

不知怎麼被海神波賽頓知道了，他氣得吹鬍子瞪眼睛：「可惡的邁諾斯，竟敢違背我的好意，看我怎麼處罰你！」

海神一怒之下，運用神力讓邁諾斯王后愛上了公牛，並且生下了一個牛首人身的食人怪獸。邁諾斯王為了掩蓋這件醜事，找來有名的建築師，建造一座堅固的迷宮，將怪獸關在裡面，這座迷宮設計精密複雜，廊道迂迴，宮室交錯，凡是進去的人都迷失在裡面走不出來，最後被牛首人身獸吃掉了。

有一次邁諾斯王的兒子到雅典訪問，卻不幸遇害，邁諾斯王得到消息悲憤異常，咬牙切齒的叫道：「我的王兒死的太冤枉

了，我一定要報仇！」

邁諾斯王立即下令召集克里特島的將士，駕千艘戰船攻打雅典，雅典王年老又措手不及，結果戰敗了。邁諾斯王除了要求賠償財物外，還要雅典每年進貢七對少年男女給克里特島，以便送入迷宮給牛首人身獸享用。戰敗國沒有說「不」的權利，對於這樣苛刻殘忍的條件，雅典王也只好忍痛答應。

痛苦的日子過了好幾年，雅典有不少家庭因而破碎了，人們的臉上佈滿了憂愁、恐懼。直到有一天雅典王愛琴斯的兒子鐵修斯回國，在港口巧遇一艘進貢船，看見船上七對少年男女哭哭啼

啼與家人告別，他上前問明原委後，急忙回宮說服父王，由自己加入進貢少年的行列，準備遠赴克里特島找機會進迷宮除怪獸。

臨行前白髮蒼蒼的雅典王又猶豫了，他說：「我兒，這趟遠征太危險……你還是別去了吧！」

「不，」鐵修斯說：「父王，我決定要除去這個吃人怪獸，使我們的人民免於恐懼。」

雅典王看到兒子勇敢堅定的態度，明白多說也沒用，便和他約定，如果順利成功回來，就把原掛在船桅上的黑帆改掛白帆。

「一定要記得哦！」雅典王說。鐵修斯點點頭，拜別父王，

假冒少男混在進貢船上，一路航行去克里特島。

到了島上，鐵修斯先想辦法找機會接近克里特島公主──阿里阿德妮，公主是個富有正義感和同情心的人，她痛恨殘暴反對把敵人送入獸口，更何況是無辜的少年人，她曾經勸過邁諾斯王和王后：「父王、母后，求你們不要再把人送入迷宮好不好？那些雅典的少男少女太可憐了！」

邁諾斯王喪子之痛未忘，冷冷地道：「那……誰來可憐我的王兒？他不能白白送死。」

「父王，雅典已經獻出幾十條人命，難道還不夠嗎？」公主

痛心的說。

「大大的不夠，我要雅典人百倍、千倍的償還，」邁諾斯王狠狠瞪了公主一眼：「妳一個女孩兒家不要多管閒事。」阿里阿德妮知道勸不動父王，只能再等機會了。

當鐵修斯悄然找上公主並要求助他一臂之力時，公主遲疑了一下：「我一個柔弱的女子要如何幫助你呢？」

「公主，妳能告訴我怎樣才能走出迷宮？」

聰明的公主想來想去最後想到一個方法，她找出一團線交給鐵修斯，告訴他用途並許諾：「如果，你戰勝怪獸，我就嫁給你。」

得到公主的指點與鼓勵，鐵修斯帶著線團，小心翼翼的靠近迷宮，按照公主教的方法，拿出線團將線頭繫於宮門上，拉著線進入迷宮中，憑著膽大心細和一身高強的武藝，終於殺死了怪獸。然後，沿著線路安全的走出迷宮，再會合公主和那七對少年男女一起逃離克里特島。

鐵修斯駕船返回雅典時，不知是太緊張，還是太興奮，竟然忘了父王的話，此行成功回來就升白帆。

愛琴斯王自兒子走後十分憂愁，每天在雅典高高的衛城上，

眺望藍藍的大海，痴痴的等待。那天當他遠遠看到木船出現，船桅上黑帆飄蕩，誤以為親愛的兒子已死亡，他老淚縱橫，悲傷又絕望，便由城上跳下海，自盡身亡。

也許是後人為了紀念這位可憐的老王，從此，愛琴斯王墜落的海，就以他的名叫做愛琴海。

臺灣傳說

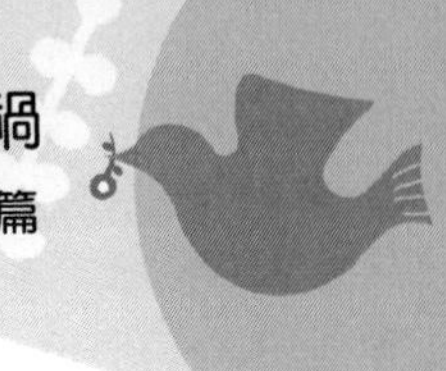

11 泰雅族傳說——河神發怒

很久以前，在北港溪中游的泰雅族部落，有一位紋面的老婆婆曾經說過這樣的故事。

從前，在泰雅族部落有個名叫庫奇的族人，他和太太有天早晨忙著把一小袋米、鹽巴和打火石，放進竹簍裡背在背上，又帶著番刀和弓箭，臨出門對三個兒子說：「我們要上山去巡視鳳梨園，順便打獵，你們三兄弟去把甘薯和芋頭都挖了吧！整好地要

改播小米。」停一下又笑著說，「這回要多種些小米，準備多釀幾桶小米酒，給老大老二娶新娘宴客用。」

兄弟倆互望一眼，傻笑著。

「那我呢？」老三指著自己鼻子故意說，「我也十五歲了！」

「嘿，好小子你想搶在哥哥們的前頭哇！」庫奇看著這三個黝黑結實的兒子，高興得哈哈大笑著走往村後的山林去了。

三兄弟不敢偷懶，拿著鋤頭、籮筐等農具，由林裡唯一的小路走到村外的河邊。庫奇家有祖先留下的幾分地，有的在住家附

近，有的在河邊，山坡上還有鳳梨園。由於北港溪河床有幾處地勢稍高，水淹不到，又方便取水灌溉，庫奇和其他的族人，相繼把這種河階地開闢成一畦畦不規則的菜園。

高高的玉蜀黍，密密的瓜藤，大大的芋葉，幾乎遮住河中間那條清澈的溪流，很容易讓人誤以為是一片良田呢！夏日的陽光白花花的，三兄弟打著赤膊，整天辛苦工作，田邊的甘薯已堆成一座小山，豐收的喜悅寫在臉上；他們在落日的餘暉中，邊吃著就地烤得又香又甜的甘薯，邊說說笑笑，這時老三忽然指著遠方說：「哥哥，你們看，天邊的雲很紅啊！」

「這……不是火燒雲嗎？」老二皺皺眉頭。

「難怪天氣這般悶熱，可能有颱風。」老大想了想說，「我們早點回家吧！」

三兄弟每人各裝一籮筐的甘薯，其餘的用芭蕉葉遮蓋，並在四周壓上石塊，然後背起籮筐走回村中。他們剛到家，晴朗的天空很快佈滿烏雲，天黑之後便颳風下大雨，那時還沒有電燈，村中一片漆黑，三人早早就去睡了。

半夜，老三突然驚醒，他搖搖老大：「哥哥，雨越下越大，爸媽睡在山上的工寮，不知要不要緊？」

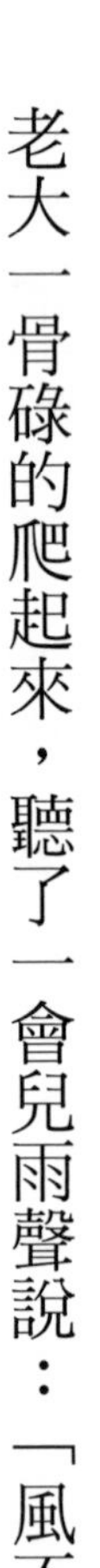

老大一骨碌的爬起來，聽了一會兒雨聲說：「風不大，應該沒問題，我倒擔心河水暴漲……」

「這雨下得有點奇怪，好像從天上倒下來似的！」老二也被吵醒，「我出去瞧瞧好嗎？」

「不，天色太暗了！」

好不容易等到天矇矇亮，三兄弟背著空籮筐冒雨衝到河邊，把昨日未搬完的甘薯全裝進籮筐。這時混濁的河水節節高漲，眼看快漫上河階的菜園，老大和老二捨不得這一季的辛勞將化為烏有，快步跳下河階去搶芋頭。站在河岸上的老三急得大叫：「哥哥，危險哪！快上來……」

然而，洪水的腳步更快，剎那間，淹過河階，漫上河岸，兩兄弟就這樣被滾滾濁流吞噬；幸好老三緊抱住一棵大樹，不久被族人救起。

過了三天，雨停水退，庫奇和他太太從山上回來，看到兩個兒子死了，田地也流失，打擊非常大。他常到河邊哀悼兒子，有回太疲倦，背靠著石頭打盹，矇矓中，聽見腳下的北港溪在吶喊：「請你們不要侵占我的地方，這是我的路，即使長草長樹，種菜建屋，時間再久，我都認得我的路！」

庫奇大吃一驚，睡意全消，他連忙向部落頭目報告這件事。這次的水災危害到人的生命財產，頭目正在發愁，聽了庫奇的報告，認為是河神發怒，他要求族人記取這次慘痛的教訓，不再濫墾，還給河流本來的面目，並要記住河流的吶喊。

12 泰雅族傳說——阿米和阿瓦

從前，泰雅族的女孩子出嫁前要紋面（刺墨），表示成年、美觀。這種奇異的風俗是怎麼來的呢？

傳說，上古時代。世界上只有一個男孩和一個女孩。男孩獨自住在山頂的洞穴，山上的野兔、飛鼠、梅花鹿、穿山甲等野生動物很多，他就靠打獵為生。

男孩年紀小，力氣還不夠大，如果遇到凶猛的野獸像山獅、

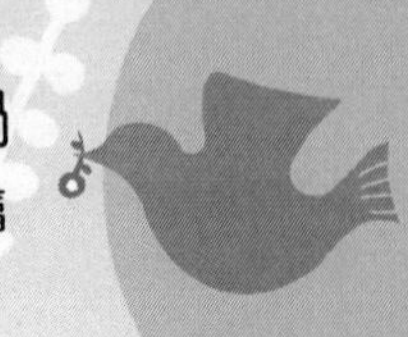

雲豹，他就急忙逃避；如果遇到黑熊在山林中尋找蜂巢，他知道黑熊跑得沒有他快，只要遠遠的跟著黑熊的行蹤，往往能找到好吃的蜂蜜。

山腳有一間小小的茅草屋是女孩的家。屋後的山坡上，一年四季有採不完的野生果子。

樹林裡有各種各樣的鳥兒，有的小如拇指，有的羽毛可以從樹上垂掛到地面。門前的小河邊，開滿了繽紛、美麗的花朵，河裡的魚蝦多得數不清。

女孩住的屋頂上，棲息著一隻金雞。每天，天剛曚曚亮，金雞喔喔喔的啼。女孩總是這個時候醒來，走到河邊洗臉，順手摘些花兒，編頂花冠戴在頭上，然後，上山去摘果子，到河邊撈魚蝦，或抽取植物的纖維，編織樹皮衣。偶爾，她會跑到離家不遠的湖裡，痛痛快快的洗個澡，那是最快樂的事情。

有一天早上，天氣異常悶熱，遠方雷聲隆隆，「哎呀，天神發怒了！」女孩急忙躲進屋裡。

才一會兒功夫，豆大的雨點嘩啦嘩啦的下來了。到了下午，山洪暴發，河水氾濫，眼看快要淹到草屋，女孩嚇得沒命的逃往山上，跑不動了就用走的。回頭看，山下已是一片汪洋，草屋連

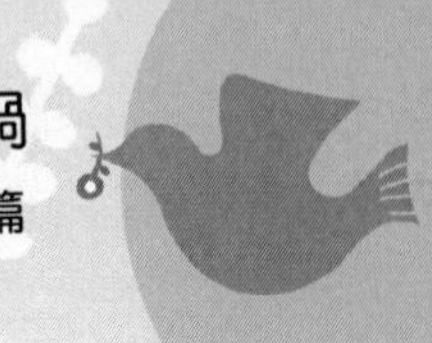

影兒都不見了。

大雨仍然下個不停，女孩從白天走到黑夜，又從黑夜走到天明，最後累倒在一塊大石壁前。大雨停了，陽光透過樹梢照到她的臉上，她睜開眼睛，看見一個男孩呆呆的望著她。

「你是誰？」男孩問。

「我是阿米。」女孩有點膽怯的說，「你呢？」

「我叫阿瓦。」男孩好奇的說，「你從哪裡來？」

「山下。」阿米手指著遠方，把事情發生的經過說了。

阿瓦瞧阿米飢餓又疲倦的樣子，就帶她到他住的山洞休息幾

天。等到大水退了，他送她下山，並且幫忙割草、砍竹，搭建草屋，一切都弄好了，才回去。從此以後，不是阿瓦下山來，就是阿米上山去，兩人一塊兒遊玩，一塊兒工作，日子久了，感情像姊弟又像兄妹。

過了幾年，阿米注意到阿瓦已長大成一個高大、健壯的少年。阿瓦也發覺阿米越來越美麗。雖然阿瓦喜歡阿米，想娶她當新娘，但是阿瓦靦腆，每次看見阿米那張熟悉的臉，他就吶吶的說不出話來。

阿米等不到阿瓦向她求婚，心想，將來我們老了、死了，世界上不就沒有人了嗎？聰明的她左思右想，終於想出「變臉」的辦法來。她上山跟阿瓦說：「三天後的黃昏，你沿著小河走到湖邊，有一個你不認識的女子在那裡，你可以向她求婚，一定要記得呵！」

當天回到草屋，阿米拿出黑色的染料和一根尖銳的魚骨頭，來到河邊的石頭上坐下來，彎腰面對著波平如鏡的水面，用魚骨從左耳前的面頰，一點一點的刺到右耳前的面頰（半張臉那麼大）。她強忍著痛，輕輕拭去臉上滲出的血水，塗上染料，再看看水中的人影，她驚喜的發現她的臉，已經變成另一張臉了。

到了約定的那天黃昏，阿瓦來到湖邊，果然看見一個臉上刺墨的陌生女子，他上前說：「你從哪裡來？」

她笑著搖搖頭，不說話。他鼓起勇氣說：「你願意嫁給我嗎？」

她閃著明亮的大眼睛，點點頭。

於是，阿瓦快樂的把她背回家當新娘。他們所生的孩子一代傳一代，世界上的人口也就漸漸多了。

13 排灣族傳說——獵人和陶壺

一只肚大口小的灰色陶壺，壺外盤繞著一條色彩斑駁的百步蛇，裂開的壺中躺了一個小嬰兒。這是臺灣原住民文化園區陳列館中的陶藝品。這件造形奇特的陶壺，有一個神祕的傳說。

很久很久以前，臺灣中央山脈的南端，有座高高的大武山，山中住了一個老獵人。有一天，老獵人上山去尋找獵物，忽然看見不遠的山頭有一股青煙，裊裊飄上天空。他嚇了一跳，以為是

火燒山。可是，聞不到燒焦味，也沒有濃濃的黑煙，那會是什麼呢？

老獵人不由起了好奇心，他穿過原始森林，爬上山頂，發現冒煙的原來是只大陶壺。

「太好了！」他想拿來儲藏東西，就把陶壺抱回去，安放在牆角下，壺口對著茅草棚頂一道裂縫，太陽和月亮透過裂縫，正巧照射到陶壺。

日子一天天過去，壺裡竟孕育一個小嬰兒，壺外還有一條百步蛇守護著。

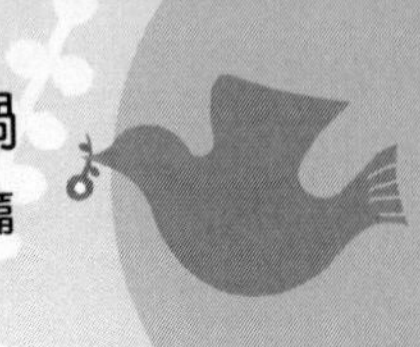

老獵人高興得手舞足蹈，認為那是神靈送給他的禮物。他目不轉睛盯著那張小臉蛋，冷不防嬰兒「哇哇」哭了起來。那哭聲既陌生又熟悉，好像是一個遙遠的夢。他蹲坐在另一個角落，想啊想，終於想起了從前……

在他幼小的時候，父親、母親和野豬搏鬥，受了重傷，倒地不起，留下他孤零零一人，呆坐在門前啼哭。山林裡的猴子聽到哭聲，三五成群的跑來了，頑皮的小猴子採野果打他。

他抱著頭躲入茅草屋裡，哭累了，依在牆邊睡去，小猴鬧了一陣，覺得沒趣就走了。

他醒來，肚子餓得咕嚕咕嚕叫，就去撿門前的野果吃。過了幾天，地上的野果吃完，小猴子又不再「送飯」來，他只好走入山野去找。山中有很多野生的芭蕉、山枇杷、毛柿……成熟的果實香甜、可口，尚青的果子酸澀難嚥。這是從生活中得來的經驗。

有一次，他走下山追野兔玩兒，看見荒野上有一大叢林投，中間長了幾個黃澄澄的果實，散發誘人的香味。他嚥了下口水，上前撥開堅硬的葉片，用力飛舞著石斧砍去。由於年紀小，個兒矮，重心不穩，一不小心跌倒在尖銳的芒刺上，痛得他殺豬似的

哭叫起來：「救命啊，救命啊！」

然而，有誰會聽到求救聲，來救他呢？

他忍著刺痛站起來，看見傷口又紅又腫，混身鮮血淋淋，他心裡害怕喃喃的說：「我……會像爸爸、媽媽一樣的死去嗎？不，我不要……」他勉強走回茅草屋，一進門就暈倒了。他模糊的感覺有雙毛茸茸的手幫他拔除身上的芒刺，也常常餵他水喝。這樣昏睡了幾天，等他清醒過來，看見一隻母猴高興得又跳又叫，他明白是這隻母猴一直在照顧他，也救了他。從此，他和猴子做朋友。

他漸漸長高、長壯了，懂得拿石刀削尖竹枝，製作弓箭、長茅，用來打獵；也會割取五節芒、白茅、黃藤和長竹，把住的地方修得更堅固；最高興的是，父親遺留下兩個拳頭大的石頭，他拿來把玩，無意中擦出火花，因而學會取火種來烤魚、野兔肉、山芋，吃熟的食物。

山中的歲月，不知不覺的過去，他的鬍鬚由稀疏到濃密，到花白，他感覺很寂寞。可是，走遍這一帶山區，除了猴子長得有幾分人樣，其他的都是飛禽走獸。

想到這裡，老獵人回過神來，從裂開的陶壺中抱出嬰兒，跪

下來拜謝神靈，並且發誓要好好照顧他，教他所有的本領，長大成為一個健壯、聰明的勇士。

這個嬰兒就是排灣族的祖先。陶壺被視為排灣族代代相傳的寶物，百步蛇則是排灣族頭目的圖騰。

中國傳說

14

禮物

鄭姬搶先呈上瑤琴、圍棋和畫作，心想：「這三件禮物，件件都比樊姬的精美，皇后的寶座肯定是我的。」沒想到，樊姬什麼也沒準備……

你曾送禮物給別人嗎？那是一件簡單的還是煩惱的事情？傳說，春秋戰國時代，楚國有個楚莊王，登上王位以後，

每天和宮中美女飲酒作樂，不理朝政。朝中大臣都勸他早些立皇后，好管理後宮，莊王生活起居才會正常。

莊王知道自己不能一直荒唐下去，就接受大臣的意見。他先由後宮的嬪妃中挑選兩個人，一個是樊姬，另一個是鄭姬。這兩人都長得如花似玉，而且，琴棋書畫樣樣精通；可是，皇后只能立一個，選哪個好呢？

莊王在宮中走來走去，想了又想，終於想到辦法了。

他立刻宣樊姬和鄭姬進宮，對她倆說：「本王想要一份特別的禮物，限三天後送來。誰的禮物最好，我最需要，就立誰為皇后。」說完，叫她們倆回宮去準備。

鄭姬走回自己的寢宮，整天茶不思飯不想，只想著早些準備好禮物。可是送什麼好呢？她生怕皇后的寶座被樊姬捷足先登，於是命宮女荷兒悄悄去樊姬的寢宮打聽。過了一會兒，荷兒回來報告：「娘娘，樊姬宮裡沒動靜。」

「你看見她在做什麼嗎？」鄭姬問。

「樊姬在擦瑤琴、調琴弦。」

「看樣子，她要把瑤琴當禮物。」鄭姬想了一下又說：「我的瑤琴比她的名貴，不如把它送給大王吧！」

第二天，鄭姬不放心，命荷兒再去探聽消息。不多時，荷兒就回來稟告：「娘娘，我瞧見樊姬抱著棋盒，說是要宮女下棋呢！」

「鬼才相信她的鬼話，大王喜歡找人下棋，她一定是想把棋子擦乾淨，好送給大王。」鄭姬拉開抽屜說：「昨日，我買了一盒新棋，也把它當禮物吧！」

第三天，鄭姬還是不放心，這回她要親自去瞧瞧。她不要荷兒跟著，獨自躡手躡腳的來到樊姬的寢宮外，往室內瞄哇瞄，只見樊姬聚精會神的低頭作畫。

鄭姬想，樊姬會畫畫，還是我教的，難道我的畫作會比不上

她的嗎？

當天，鄭姬也用心畫了一幅畫，捲起來用紅絲帶繫住，和瑤琴、棋盒放在一起。「這三件禮物，件件都比樊姬的精美，皇后的寶座肯定是我的。」想到這裡，鄭姬當晚睡覺連作夢都笑了。

到了第四天，莊王在大殿召見樊姬和鄭姬，殿裡左右兩排的大臣都睜大眼睛，望著這兩名美麗的妃子。莊王笑咪咪的說：「兩位愛妃，三天已過，你們送我的禮物呢？」

鄭姬搶先上前把瑤琴、圍棋和畫作攤開說：「大王請過目，這是我送的禮物。」

莊王隨意看了看，說：「好，好！」轉頭看見樊姬兩手空空，不覺收起笑容：「你準備的禮物呢？」

奇怪，樊姬怎麼沒把禮物帶來呢？鄭姬心裡有些不安。

「大王，三天前，我從您這兒回去以後，生活跟平常一樣的，」樊姬微微一笑，「因為，我想您是一國之王，要什麼有什麼，所以，沒給您準備禮物。」

「好個樊姬，你是不願意當我的皇后咯？」莊王臉色變得很難看。

大臣看見莊王發怒，私下都替樊姬捏一把冷汗。樊姬卻不慌

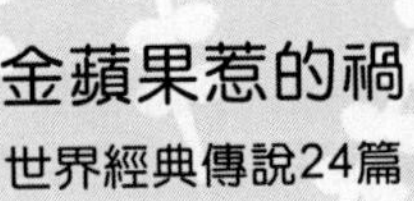

不忙的說：「大王，能做皇后和您一起為楚國打拚，是我最大的願望啊！」

「那你為什麼不按照我的話去做呢？」

「大王不是要我們送您最需要的禮物嗎？現在，我就把自己送給大王。」

莊王聽到這話，愣住了，等到回過神來不禁哈哈大笑：「太好了！你正是本王最需要的禮物。」

「這麼簡單的事，我怎麼沒想到呢！」鄭姬這時後悔也來不及了。

15 仙女佛庫倫

大約在四百年前的一個夏季，天氣特別溫暖，東北長白山的雪融化了，草木蒼翠，野花怒放，大地一片錦繡，連天上的仙女也被人間的美景迷住了。

傳說，有三位仙女凡心大動，偷偷溜到長白山天池附近的布庫哩山玩耍。年紀最小的仙女佛庫倫，發現天池東邊的布勒湖，湖岸芳草如茵，湖水澄碧似鏡，不由得高興的嚷叫：「姊姊，快來呀，這裡太美了，我們到湖裡去洗個澡，好不好？」

「好主意！」兩位仙女姊姊說著便和佛庫倫脫下彩衣，一塊兒跳進湖裡。

三位仙女一邊洗澡一邊歌唱，玩到太陽偏西才上來。這時，正好由遠方飛來一隻喜鵲，口啣著一枚紅色的果子，飛掠過她們頭頂，喜鵲看到美麗的仙女，忍不住張嘴吹了一聲口哨，那枚果子不偏不倚的掉落在佛庫倫的衣服上。

當佛庫倫穿衣時，看見這枚渾圓可愛的果子，便把它含在口中，沒想到，一不小心竟然咕嚕嚕的吞入腹中去了。

「不好！」佛庫倫急忙張開口想把果子吐出來，不料，卻發覺自己臉紅心跳，身體漸漸起了變化。

兩位仙女姊姊穿好衣服，睜大眼睛看著佛庫倫：「妹妹，你怎麼啦？」

佛庫倫把發生的事說了一遍。兩位仙女姊姊聽了很著急，想盡辦法也無法讓佛庫倫吐出果子，「妹妹，看樣子，妳懷孕了。」

「怎麼辦？」佛庫倫急得掉下眼淚。

「急也沒用，天色不早，我們該走了。」

「姊姊，我這個樣子怎麼回去？天帝知道了，一定會處罰我的！」

「這樣吧，」兩位仙女姊姊想了想，說，「你在天宮的工作暫時由我們倆代理，你留在這裡把孩子生下來，五年後，記得返回天宮。」

佛庫倫雖然不願意離開仙女姊姊，但，也只好點頭答應了。她目送仙女姊姊升天而去，直到飄飛的彩衣完全沒入雲端。

在布勒湖那一帶的山中，有一處溫泉，溫泉的熱度很高，可以煮熟雞蛋和肉類，而且冬天不結冰。佛庫倫找了一些樹枝和茅

草，在溫泉旁邊搭蓋草棚，又利用野獸的毛皮，縫製小孩穿用的衣物。在這幾乎沒有人煙的地方，她忍著孤獨和寂寞，住在草棚裡，等肚子一天天大了起來，終於，等到孩子呱呱墜地。

佛庫倫就在草棚撫育這個男嬰兒，她給他愛新覺羅的姓氏，取名布庫哩雍順。他餓了，她餵他吃奶；他冷了，她給他衣穿；他睏了，她為他唱安眠曲。

於是，布庫哩雍順在佛庫倫細心的照顧下，慢慢學會坐、會走路、會跑跳，她又教他說話、拉弓射箭、認識生長的環境……。

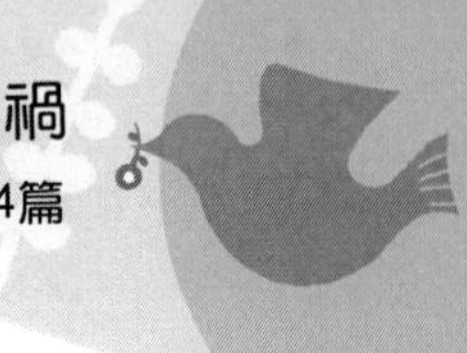

日子像飛的一樣過去，第五個年頭剛剛開始，布庫哩雍順已長成一個聰明、活潑又健康的小男孩，佛庫倫越看越喜歡。不過，想到要離開的時間漸漸近了，她便心如刀割，臉上常常不知不覺的流露出憂傷的神色。有一天她又望著孩子，默默流淚。

「媽媽，您怎麼哭啦？」

「如果，媽媽走了，你怕不怕？」

布庫哩雍順睜著大大的眼睛，天真的回答說：「我不怕。」

「好孩子，」佛庫倫把布庫哩雍順擁入懷裡說：「媽媽本來是仙女，為了你才留在人間，總有一天我要回天宮，所以你要堅

強、要勇敢，知道嗎？」

布庫哩雍順似懂非懂的點了點頭。

夏天來臨時，佛庫倫帶著布庫哩雍順來到天池邊，她造了一條獨木舟，把孩子和應用物品放入舟內，哭著跟孩子話別：「我的孩子，媽媽真的要走了！」

「媽媽，您不要丟下我呀！」布庫哩雍順害怕的大哭大叫。

「我的限期到了，不得不走，我要你擦乾眼淚，以後你一個人要好好活下去……」佛庫倫咬著牙，狠下心把小舟推入天池，然後升天飛向天宮。

小舟順流而下，緩緩朝天池的缺口流去，卻神奇的在長白山中度過了十八年，最後隨著松花江的水流，漂流到依蘭才上岸。不久，布庫哩雍順取了女真族部落酋長的女兒為妻，他們倆的子孫，就是後來統治中國兩百六十七年的滿清王朝。

16 妃子樹

蘭兒不幸的遭遇令皇太極起了憐惜之心，認為這樣一個楚楚動人的弱女子是需要保護的。他不時賞賜她禮物，也常去看她……

清朝第一個皇帝皇太極，像他父親努爾哈赤一樣的英勇善戰。他喜愛讀書，研究兵法，即位以後，表面上跟明朝休戰，實

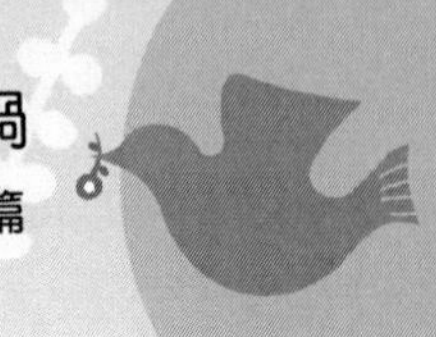

際上，加緊整頓內部，充實國力。

皇太極是一名有勇有謀的傑出軍事家，他擅長夜間突襲戰術，往往率領大隊人馬，悄悄藉著夜色的掩護，像一片烏雲，神不知鬼不覺的飄向敵營，給敵人一個措手不及。他也用反間計，借明朝崇禎皇帝的手，殺了明朝最厲害的大將袁崇煥；又降伏另一個大將洪承疇，使明朝走向滅亡之路。

有一天，皇太極和大臣議事後回宮，換下朝服，休息一會兒，又批了幾本奏摺。想到軍國大事，他心裡有點煩，就到御花園去散步。花園裡，百花盛開，水池邊有一女子，站在紫薇花下

輕輕嘆息。皇太極以為這女子是宮中嬪妃，想跟她開玩笑，躡手躡腳從背後緊緊抱住她。

「哎呀！」女子嚇一跳，轉身用力推開皇太極，「你……你是誰？」

「妳又是誰？」皇太極仔細一看，是個年輕、陌生的女子，不覺流露出皇帝的威嚴，「妳怎麼進皇宮的？快說！」

「我……我叫蘭兒，是……是皇后的姪女。」蘭兒像一隻容易受驚的兔子，畏怯的低下頭來。

「昨天，皇后跟我提起蒙古科爾沁旗有親戚到盛京來，我還

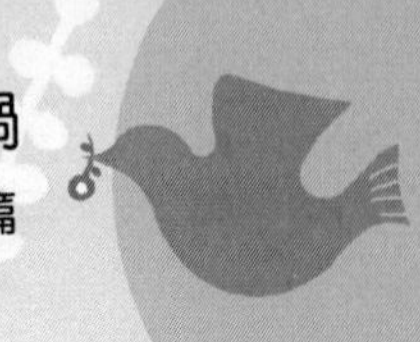

沒空召見，倒先看見妳！」

聽口氣，眼前這名高大、威武的中年男子，明明就是皇帝嘛！蘭兒呆立片刻，猛然驚醒似的跪倒在地：「小女子不知道是皇上駕到，對不起，對不起……」

「不知者不罪，何況我們都是自家人。」皇太極笑著扶起蘭兒，和藹可親的說：「妳第一次到皇宮，我帶妳四處瞧瞧！」

這一天，皇帝過得很開心。

當天晚上，用膳的時候，皇太極談起蘭兒，皇后才知道他們倆已經見面了。原來，蘭兒是皇后哥哥的女兒，長得聰明、美

麗，知書達禮。她長大以後，嫁給一個蒙古族的親王。這個親王粗魯又殘暴，喝醉酒或心裡不痛快，就喜歡打老婆，跟這樣的人一起生活很痛苦。

有一次，蘭兒又被打。她忍不住回娘家訴苦，父親聽了大怒，決定把她留在娘家。這次，科爾沁旗王爺到盛京覲見皇帝，探望皇后妹妹，順便帶蘭兒來散散心。

蘭兒不幸的遭遇令皇太極起了憐惜之心，認為這樣一個楚楚動人的弱女子是需要保護的。他不時賞賜她禮物，也常去看她。皇帝對她的好，蘭兒心中很感激，也很感動，她把皇帝當英雄般

的崇拜，又把他當作可依靠終身的男人。這種微妙的感情變化，全被賢慧的皇后看在眼裡。不久，在皇后的建議下，順理成章的把蘭兒納入後宮，並封為「宸妃」。

宸妃得到皇太極的愛戀，她居住的地方也以「關關雎鳩」的著名情詩命名「關雎宮」，來表達皇帝對她的深情。好幾年幸福的日子過去了，皇太極又親自上前線去督戰，宸妃不僅擔心他的安危，還很想念他，整天愁眉不展，加上體弱多病，很快就病倒了。

皇太極在松山前線接到宸妃病重的消息，騎了五天的馬，匆

匆趕回京城，還是來不及見她最後一面。皇太極悲傷過度，幾乎痛不欲生。也許這個打擊太大，第二年，他也離開人間了。

皇太極埋葬在盛京的昭陵，他的墳墓是一座很大的圓土丘，墓上寸草不生，卻獨獨長了一棵纖弱的小樹。傳說那是宸妃的化身，她死後仍深深依戀著她的君王，所以，人們稱這小樹為「妃子樹」。

你如果有機會到瀋陽（盛京）的昭陵，還可以看見這棵小樹呢！

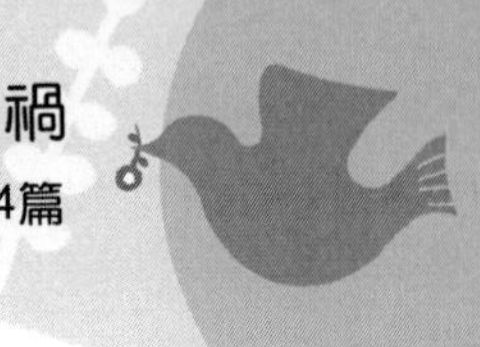

17 孝牛泉

在昆明西山腳下，有一個靠殺牛、賣牛肉為生的人。有一天他到市集去買了一隻母牛和一隻小牛，他牽著這兩條牛回家，把母牛的四肢捆綁好，打算先宰殺，小牛準備養肥些再殺。

他盤算好了，就坐在小板凳上用磨刀石磨起刀來，磨刀的聲音沙沙沙的傳入這一大一小的牛耳朵裡，母牛聽了嚇得渾身發抖，哀哀叫道：「別殺我……別殺我……」

殺牛的冷笑著說：「我不殺你賣錢，怎麼有米下鍋？」接著嘆口氣，「唉！你前世一定做了太多壞事，今生才會投胎為畜生哩！」

眼看著牛媽媽即將被殺，小牛忍不住放聲大哭。

「還沒輪到你呢！哭什麼哭？」殺牛的瞪了小牛一眼。

「你先殺我好了，求你饒了我媽媽吧！」

小牛願意代替母牛先死，這份孝心令殺牛的很受感動，心腸一軟，磨刀的速度不覺慢了下來。他想，我每天殺牛、賣牛肉，這些年來殺害的牛隻多得連自己也數不清，想到這裡，手中的刀

匡噹一聲落在地上，他心裡一驚，忽然大澈大悟，從此以後立誓「放下屠刀」，一個人跑到西山修行去了。

這一母一子兩條牛被放了以後，也一路跟隨著屠夫到了西山。西山巨石磊磊，是個名副其實的石頭山，平常牛只能啃食石縫中長出來少許零星的青草，牛媽媽帶著小牛走遍了全山，都找不到水源。

天氣漸漸熱了，牛媽媽和小牛，有一天想去探望那個放下屠刀，上山修行的人，便往山頂走去，走熱了就躲入路旁的樹蔭下。沒多久，有隻羊媽媽帶著羊寶寶也加入，羊寶寶「咩……

咩……」的叫著。

「來吃奶吧，孩子！」羊媽媽慈愛的說。

羊寶寶圓溜溜的眼睛一亮，前腿立刻跪下來吸奶，然而羊媽媽的奶水不足，因為這座山缺水。正巧天上的神仙經過，看見了讚美說：「小羊跪著吃奶，嗯，挺有孝心的！」

這時，樹上的鳥巢裡，有一隻老得飛不動的烏鴉有氣無力的叫：「天熱……口渴……」小烏鴉連忙飛到遠方找水，一趟又一趟來回餵食老烏鴉。

天上的神仙瞧見不禁搖搖頭：「小烏鴉太辛苦啦！」

牛媽媽和小牛休息了一會兒，又繼續趕路，翻過一段陡峭的山壁後，四周都是又大又堅硬的石頭，頭頂上火熱的太陽曬得牛媽媽頭昏腦脹，口乾舌燥。小牛怕牛媽媽昏倒，急得去舔舌頭，想舔出一點水來。

可是，石頭曬得太熱，小牛的舌頭反而被燙傷了。

小牛更著急，繼續又用角去刨石頭。可是，硬邦邦的石頭怎麼刨得動呢？小牛的角斷裂了，無助的大哭大叫：「天哪……地呀……神明哪……」

說也奇怪，小牛滴落的眼淚，打在石頭上，竟成一個小窟

窿，淚水也化為不停湧出的泉水。

傳說，那是小牛的孝心感動了天上的神仙，後來人們把這泉叫「孝牛泉」。從此，西山的動物和鳥兒，就有泉水喝了。

如果，你現在到昆明西山去遊玩，還可以看到「孝牛泉」的奇蹟哩！

18 四十個部落

那地方的國王有四十個女兒，她們非常同情克里達和賽娃的遭遇，每聽到河裡的嗚咽聲，就溫柔的輕撫河水，想安慰這兩個無依的靈魂……

雄偉的天山山脈像一條巨龍，由西向東綿亙於中國新疆的中部，這裡有雪山、河流、森林、草原和沙漠，還有說不完的傳奇

故事。

古代居住在天山南麓的柯爾克孜族人十分迷信，他們敬畏鬼神，認為洪水、乾旱和猛獸，都是妖魔鬼怪的化身，因此有很多禁忌，尤其夜晚是妖魔出來活動的時候，觸怒牠，就會降下災禍為害人間。所以族中長老立下一條聖規：嚴禁族人夜晚外出，違犯規定者將被處死。

柯爾克孜族人的氈房大多搭蓋在庫車河畔，他們飲用庫車河的水，在附近的草坡上放牧牛羊，也到山中的森林去打獵。可是，白天不管到哪裡去工作，天黑前一定趕回家。

克里達和賽娃是表兄妹，兩家的氈房相距不遠，從小一塊兒玩耍、騎馬，長大後是一對快樂的情侶。那是初秋的一天下午，克里達把羊群趕回羊欄裡，回房取下牆上的弓箭，飛身上馬又出門去了。這時賽娃正在門外河邊洗衣物，看到克里達打門前經過，連忙叫住他：「克里達表哥，你要上哪兒去？」

「剛才趕羊回家看到路上有野兔，我想趕在太陽下山前打幾隻回來加菜。」

「等等我。」賽娃很快收拾好衣物，跳上自己的馬，鞭子一揚：「走吧！」

兩匹馬一前一後往平緩的草坡奔去。不久，果然看見幾隻灰色的大野兔，克里達眼明手快的一連射中兩隻，又去追趕另一隻；賽娃在後面興高采烈的撿拾獵物，才一眨眼功夫，克里達的馬已跑得只剩下一點影子，最後消失在前方蒼茫的森林中。

太陽下山了，晚霞滿天，賽娃深愛著克里達，不願獨自回家，便跟蹤進入森林裡。天色轉眼暗下來，她又擔心又害怕，邊走邊呼叫：「克里達，你在哪裡呀……」

叫了好一會兒，終於有回音：「賽娃，我迷路了，妳留在原地不要動，我過來找妳。」

聽到克里達的聲音，賽娃忍不住放聲哭了起來。克里達順著哭聲找到了賽娃。可是，他們倆在伸手不見五指的森林中摸索，就是走不出去，只好等到天矇矇亮，才找到路徑。兩人約好守住這祕密，然後各自偷偷溜回家。

過了幾天，不知這祕密怎麼傳開了，族人懼怕妖魔降下災禍，人心惶惶；族人中幾位長老也知道了，命人捉拿克里達和賽娃來拷問，克里達只得把事情的經過說出來，並請長老們寬恕。

「賽娃，妳為什麼天黑前不自己先回家呢？」長老問。

「我愛克里達，找不到他，我是不會先離開的。」賽娃又苦

苦哀求：「我們不是故意在外面逗留，請赦免我們的罪吧！」

長老們雖然心裡有些不忍，但還是依聖規將他們倆處死。臨死前，兩人緊緊手拉手哭著說：「我們真的不是故意的，為什麼要死呢？」

克里達和賽娃死後，骨骸被拋棄在庫車河。從此，每到夜晚人們就聽到這一對死去的情侶在河裡悲泣，讓人聽了心裡很難過。

那地方的國王有四十個女兒，個個長得美麗又善良，她們聽人說克里達和賽娃的事，非常同情他們倆的遭遇。因此，每聽到

河裡的嗚咽聲，就溫柔的用手輕輕撫摸河水，想安慰這兩個無依的靈魂。

沒想到，她們竟然都懷孕了！國王以為他的女兒們做了壞事，一氣之下，便把她們全部趕出宮外，任由她們流落各地。後來她們生下的孩子，一代傳一代，漸漸繁衍成四十個部落，生活在庫車河和天山山脈一帶。

世界傳說

19

芬蘭傳說——聖誕老人

芬蘭在歐洲的北部，夏天太陽很晚下山，冬天的日照時間很短，這個國家有許多湖泊和一望無際的森林。

芬蘭的拉普蘭區位在北極圈內，這裡有個聖誕老人村，據說是聖誕老人的故鄉。每年這個村可以接到六百萬封信，而且大多數是世界各地的小朋友寄來的，是世界上來信最多的地方，也是小朋友最嚮往的地方。

聖誕老人村距離臺北七千八百零四公里，雖然路途遙遠，但，臺灣的遊客可不少。聖誕老人的由來，有一個溫馨感人的故事。

很久很久以前，那時還沒有發明汽車、電話和電燈。拉普蘭區的教會新來一位名叫聖尼古拉斯的神父，他初來乍到，人地生疏，教會的工作推動不太順利，尤其是冬天，氣候寒冷，冰天雪地，人們參加教會活動的意願並不高，因此他決定去拜訪教友。

那是個溫暖的夏日，聖尼古拉斯駕著馴鹿車沿湖邊的小路到約伯家，那是一棟矮矮的小木屋，屋前兩排斜立的木架上，曝曬著一條一條的魚，約伯太太看到馴鹿車立刻放下手邊的工作，上前說：「神父，你好！」

「約伯太太，妳在忙呀！」神父停車走下來說：「約伯先生在家嗎？」

「約伯捕魚去了，」約伯太太又說：「漁家都是趁夏天多捕些魚曬成魚乾，換糧食或貯藏起來好過冬。」

「孩子們呢？」神父關心地問。

「兩個大的去幫爸爸的忙，小的在屋裡。」約伯太太禮貌的請神父進屋裡喝咖啡。

湖邊風寒，約伯的小兒子臉上凍得紅彤彤的，看到有客人來害羞的躲到一旁。可是，當約伯太太煮好咖啡拿出糖罐，這孩子嚷著：「媽咪，我要糖糖，我要糖糖！」約伯太太順手放一小匙糖進孩子的口裡，他抿抿嘴滿足地笑了。

這孩子對糖的渴望，深深留在神父腦海裡。神父辭別約伯太太，駕鹿車轉入一片樺樹林，這地區人煙稀少，要走很長一段路才有一戶人家。

尼克以養馴鹿為生，他家的房子緊靠著一塊突出的大岩石建造，看起來好像住在半個山洞裡，圈養的馴鹿散佈在住屋周邊的苔原上。馴鹿的用途很多，牠的肉可食，皮能保暖，又可拉車當交通工具，是此地不可缺少的動物。

神父抵達尼克家，尼克和孩子們正在修理鹿欄，神父上前打招呼：「尼克先生，你在忙呀！」

「神父，什麼風把你吹來的？」尼克風趣的走出鹿欄說：「屋裡坐，我馬上就好了。」

「不忙，不忙，」神父看著那數十隻鹿，忍不住問道：「你一個人照顧這麼多鹿，忙得過來嗎？」

「我太太和孩子會幫忙，所以還能應付。」過了一會兒，尼克太太牽著小女兒採了半籃磨菇回來，這一家人熱情的留神父和他們一塊兒用午餐。飯後聊天時，神父注意到尼克的大兒子那把雕刻用的小刀，已經用鈍了還在用；小女兒的洋娃娃也破了，還抱在懷裡玩。

下午，神父又去看了兩位生病的教友才回去。從夏天到入冬神父就這樣陸陸續續去拜訪教友了解他們的生活環境而發覺這地區的孩子普遍缺少糖果、玩具……。於是，聖尼古拉斯打定主意到比較有錢的城市去募捐，為耶誕節的到來作準備。到了耶誕節前夕，神父頭戴紅帽，身穿紅衣，臉上掛著慈祥的笑容，長長的

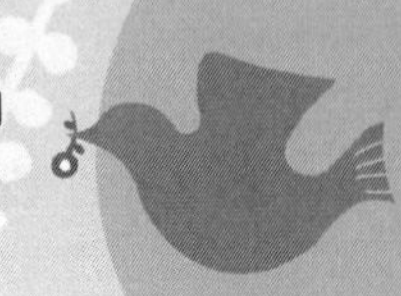

白鬍子在風雪中飄呀飄；他駕駛馴鹿車載滿糖果、餅乾、玩具和日用品，到每個人家送禮物，傳達上帝的愛，同時也帶來溫暖和喜樂。

這事漸漸傳遍全世界。從此，每到寒冬，人們聽到耶誕鈴聲響起，就知道「聖誕老人」到了。

20 挪威傳說——怪老頭

挪威位於地球的北端，森林面積廣大。林木茂密的森林中，幾乎終年照不到太陽，因此，顯得特別幽深神祕。

傳說，在這片神祕的森林中有怪老頭出沒，他們長相凶惡，渾身上下好像籠罩著一層青苔似的；他們白天不敢走出森林，因為只要被陽光照到了，就會像冰雪一樣融化。所以，他們喜歡在夜間活動。

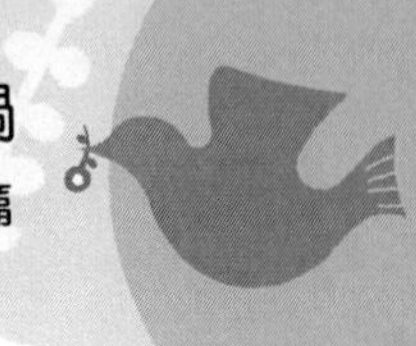

怪老頭常常趁有月亮的晚上，出來獵取小動物，或搖著小船到河裡捕魚蝦，或去摘野果野菜，因為，他們和普通人一樣要生活。然而，夜晚小動物大多待在窩裡睡覺，魚兒也躲在石縫間安眠，除了野果和野菜外，能找到的食物不多，他們對白天的森林外的世界又嚮往又害怕。

矮怪是個胖胖的怪老頭，腿短肚肥，笑起來五官擠成一團，有一頭綠色的亂髮；高怪臉長腿細，眼睛如銅鈴，笑聲像鳥叫，紅髮豎立。這兩個怪老頭同住在一個樹洞裡，矮怪好吃，高怪食量大，兩人經常吃不飽，常望著森林外的河流嘆氣：「如果有人

白天能幫我們捕魚、打獵，那就太好了！」

有一天高怪睡得正香甜，忽然傳來一陣陣的哭聲。

他被吵醒心中有氣，手擰著矮怪的耳朵：「你是豬哇，這麼吵還能睡？走，我們去瞧瞧誰在哀號。」

「放手，我的耳朵快掉了呀！」矮怪捂著耳朵，咕噥著：「你動不動就擰我耳朵，拉我頭髮，太欺負人了吧！」

「誰叫你豬頭豬腦，慢吞吞的令人生氣。」

「你太愛生氣了吧，總有一天連小命都給氣沒了，那才是報應呢！」

他們倆邊走邊鬥嘴，走到森林邊緣，看見一個身穿麂皮衣的少年，坐在小木屋前哭得很傷心。這時天色已晚，矮怪走過去關心：「少年人，你哭什麼呀？」

「我爸爸生病死了，留下我孤單一人……」

高怪心中暗喜，假裝同情的說：「可憐的孩子，你一人太寂寞，搬來和我們住吧！」

「不……我不認識你們。」

「我是你爸爸的老朋友，特地來看他，想不到他病死了！」

高怪故意揉著眼睛。

「你……不記得我了吧？小時候我還抱過你哩！」矮怪勉強擠出兩滴淚水：「來吧，我們一塊兒把你爸爸埋葬在木屋後面好了。」

兩人一搭一唱，少年信以為真，埋葬了父親，拿些衣物，就跟怪老頭走了。回到樹洞，高怪得意的大笑：「哈哈，騙孩子真容易呀！」

「可不是，這下有人可使喚啦！」矮怪有些心虛。

少年每天獵野味、捕魚，供這兩個怪老頭享受，假如哪一天供應的數量不足，高怪就會對他拳打腳踢。有一回高怪又追打少

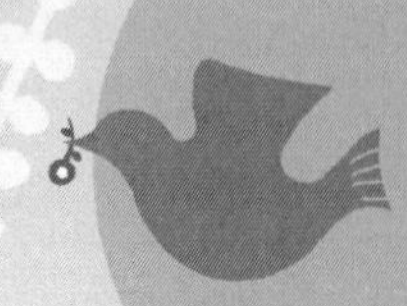

年，矮怪心腸軟，看不下去，攔著勸說：「這孩子辛苦的幫我們尋找食物，你還虐待人家，太過分了！」

「什麼，你竟敢管我？」

「以前我都讓你，這事我管定了。」他們倆一言不合，大打出手。

少年再也無法忍受這樣的生活：「不要打了，我要離開你們。」

高怪聽了一愣，連忙跳過去，用繩索把少年緊緊捆住：「我叫你來得，去不得。」

「放我走，放我走……」少年掙扎著。

鬧了大半夜，天亮了，大家累得攤在地上，眼皮沉重，漸漸進入夢鄉。只有矮怪勉強打起精神悄悄靠近少年，幫他解開繩索，輕輕告訴他：「孩子，你快駕著小船逃走吧！」

不一會兒，高怪醒來發現少年跑了，氣得暴跳如雷，急忙趕到河邊駕另一小船，在後面追趕。他拚命的搖哇搖，眼看快追上，少年的船已駛離森林，如飛而去。

高怪只顧著窮追不捨，沒注意此刻日正當中，等到感覺不對，已經來不及回頭，他大叫一聲，身體扭曲變形，瞬間化為一

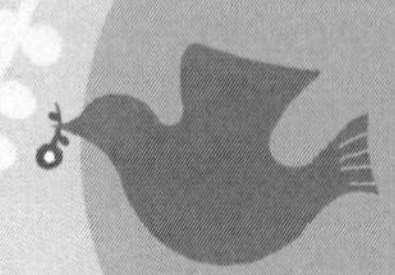

團水霧消失了。

從此，矮怪每隔幾天就發現樹洞門口放了一包食物，他沒看到人，但是，心裡明白那是少年送來的禮物。

21 加拿大傳說——比爾與瑪麗

每天一早，太陽打從東方升起以前，天空往往露出魚肚白，接著晨光乍現。傍晚，夕陽西下，晚霞染紅了天邊。這絢麗美好的晨光和晚霞的由來，有一個美麗的故事。

傳說，從前在加拿大西部海邊的一個小漁村，有比爾和瑪麗一對夫妻，男的捕魚，女的在家操持家務。他們倆結婚多年，可是沒生孩子，日子過得很平淡、單調。有時候比爾出海好幾天才

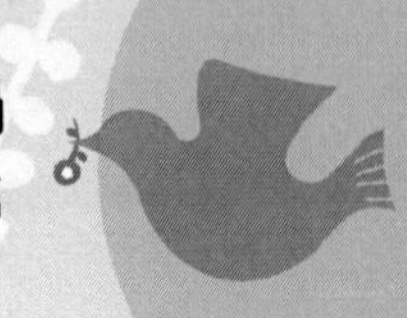

回來，瑪麗更是感到孤單、寂寞。

瑪麗時常在黃昏坐到海邊的岩石上，痴痴的望著茫茫大海。早晨和傍晚的天空都是一片灰白色，和現在完全不同，尤其是太陽落入海平面以後，黑夜很快就降臨了。她的心情像天空一樣陰沉、暗淡，一樣的不開朗。

有一隻海鷗媽媽常帶著小鳥，在瑪麗身旁飛來飛去，一邊覓食，一邊玩耍。她看了很羨慕：「我如果也有個孩子多好！」

「你到沙洲上去看看吧！」海鷗媽媽眨眨眼說。

沙洲上會有什麼呢？瑪麗心裡懷疑。過了幾天，她又到海

邊的岩石上望海，看見一隻大海龜後面跟著幾隻小海龜，在沙灘上爬行。她輕輕嘆一口氣：「唉！我如果也有個孩子，該多好哇！」

大海龜溫柔的看她一眼，說：「妳到沙洲上去瞧瞧！」

奇怪，沙洲上會有什麼呢？瑪麗忍不住好奇，脫下鞋，撩起長裙，涉水往沙洲走去。這片離海岸不遠的沙洲，是野雁的棲息地，漲潮會淹水，退潮就露出很多水生植物和各種各樣貝殼。瑪麗並沒有看見什麼特別的東西，她失望的想往回走。這個時候，一群又肥又大的野雁正低空掠過她的頭頂，同時嘎嘎的叫著：

「快到草叢裡去找找！」

瑪麗聽了這話，急急忙忙用手撥開半人高的水草，霍然發現一只大海蚌，半張開的殼裡躺了一個粉嫩嫩的男嬰兒，睡得甜甜的。她驚訝又歡喜，小心的把嬰兒緊緊抱入懷裡，喃喃的說：

「感謝上帝，給我孩子！」

得到孩子以後，比爾更努力捕魚賺錢養家；瑪麗不但不寂寞，還忙得很快樂。這男孩在瑪麗細心的照顧下，長得很快，不久就會走、會跑了。

漁村裡的人發覺這男孩隨著年齡的增加，長到十二、十三

歲，身上會散發光芒，他好像是個發光體，走到哪兒，四周都變明亮。所以，人們都叫他「陽光少年」。那年夏天，颶風一個接一個來，漁夫不敢出海捕魚，家中糧食快吃完了，瑪麗憂愁的對比爾說：「親愛的，這樣下去怎麼辦？」

少年搶著說：「爸爸，我可以鎮住颶風，我們一道出海。」

「胡說，那是不可能的事情。」比爾不相信，但是拗不過兒子的要求，勉強帶著他一起駕船出海。

颶風瘋狂的嘶吼，巨浪排山倒海而來，小船如一片脆弱的樹葉，彷彿快被大海吞噬。可是，少年往船頭一站，立刻風平浪靜。比爾捕了很多魚，高興的問：「孩子，你哪來這麼強大的神力呀？」

「爸，這是祕密，現在不能說，我以後會告訴您。」

過了兩年，少年長得高又壯，他喜歡上山打獵，也收集一些鳥兒掉落的羽毛，一有空閒，就編織羽毛衣。當這件羽毛衣完成的那天，他說：「親愛的爸爸、媽媽，我要走了！我把這件羽毛衣送給你們作紀念，以後如果遇到災禍，穿上它，就可以化險為夷。」

「孩子，你怎麼能離開我們呢？」比爾難過的說：「我們是那麼的愛你！」

「爸爸、媽媽，我本是太陽神的兒子，現在已經到該走的時候。」

「孩子，我們捨不得你走哇！」瑪麗哭叫著。

「爸爸、媽媽想我，就看一看晨光和晚霞吧，那是我的化身。」少年說完，揮揮手，「爸爸、媽媽，再見……」他緩緩的飛上青天，越飛越遠，最後消失不見了。

22 美國傳說——魔鬼岩

走在美國懷俄明州東北部的公路上，遠遠的便可以看見平地突起一座三百公尺左右的巨大岩柱。這座筆直的大岩柱光禿禿的，寸草不生，外表像被動物又長又尖硬的指甲抓過，留下一條條的痕跡，它那獨特雄奇的氣勢，令人望而生畏，因此，人們叫它「魔鬼岩」。

魔鬼岩的由來，有一個神奇的故事。傳說，很久很久以前，

有一個印地安部落經過這附近，酋長騎馬走在前頭，看到這裡森林茂盛，草原遼闊，野生動物很多，他不由哈哈大笑：「這個地方太好了！有這麼多的獵物，族人不怕挨餓了。」

這個印地安部落找到河邊平坦的地方紮營，白天男人攜帶長矛和弓箭出去打獵；婦女洗衣、織布、燒烤食物及做其他家務；男孩撿拾木柴、或到河裡捕魚，有時偷溜到森林裡去探險；女孩幫助照顧弟弟妹妹，或與同伴玩耍。他們在這裡過著無憂無慮的生活。

夏安是酋長的小女兒，她有一頭長長的黑髮，一雙明亮的

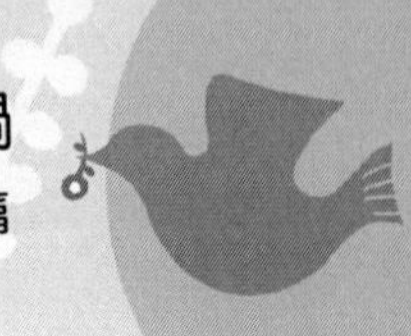

眼睛，圓圓笑臉像太陽般的可愛。她爬山如履平地，爬樹又敏捷，跑起步來連狗兒也追不上，部落裡的女孩子都喜歡和她一起玩兒。有天下午，夏安獨自帶著狗兒沿樹林邊撿木柴邊玩耍，這時又加入幾個女孩，夏安數一數連她自己一共七個人，人一多就想玩新的遊戲，她把撿來的木柴堆放一旁說：「我們玩什麼好呢？」

「我們去採花好不好？」小依娜說。夏安望望四周，三、五成群的野牛低頭吃草，大角鹿在樹林和草原上徜徉，野兔在叢林中出沒，忽然遠方一片燦爛的紫花吸引了她的視線，她指著說：

「妳們看，那兒有花耶！」

「好哇，好哇！」女孩子都愛花，她們跟著夏安又笑又叫的跑過去。她們每人採了一把花，用草繩穿成花環套在脖子上，然後快樂地手拉手唱歌跳舞。她們玩得很開心，不知不覺跳到森林邊緣，小依娜眼裡充滿了好奇：「夏安姐姐，我們到森林裡去玩好嗎？」

「不，」夏安搖搖頭說：「族長們說森林裡躲藏著兇猛可怕的動物，小孩子不可以去。」

「我哥哥進去過，他說森林裡除了風的聲音、鳥的叫聲，沒

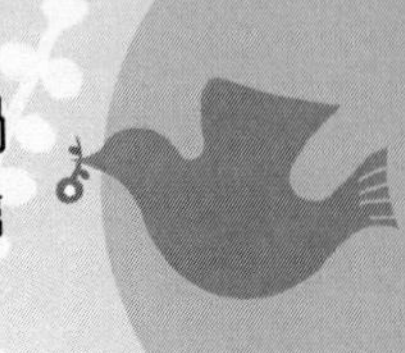

聽見動物的吼叫呀！」另一個印地安女孩說。

「我爸爸也進去過，他只遇到小鹿和松鼠。」大家妳一言我一語，說得夏安也動心了。她抬頭看這片森林在白花花的陽光下，樹葉綠得好像要滴出油來，空氣中傳來一陣陣野果的香味，想到野果甜蜜的滋味，她忘了族長們的警告，興奮地睜大眼睛和小依娜她們往森林中走去。

森林裡果然有很多野果，她們吃了小紅莓、蜜李，又摘了紅花插在頭髮上。她們遇見鹿媽媽帶著鹿寶寶在啃食樹葉，松鼠在大樹爬上爬下的找食物，還有可愛的土撥鼠由這個地洞進去，從

另一個地洞鑽出來，真是有趣極了！夏安她們有如發現新大陸，越往裡面走越覺得新奇。她們一會兒比賽爬樹，一會兒攀上林中的大岩石，要不，就拉著樹上垂下來的野藤盪來盪去。

「夏安姐姐，妳們等等我嘛！」小依娜年紀小，走路慢，跑步更慢。

「小依娜，快點啦，小心後面有……」有人裝鬼臉。

「小依娜，小心黑熊咯！」

「好了，不要故意嚇唬她，」夏安停下腳步，睜大眼睛警覺地看看前後左右：「有誰見過黑熊？」

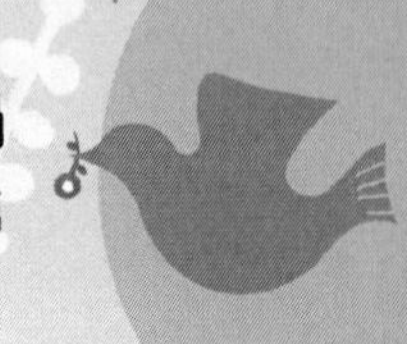

「我……爺爺看到過熊寶寶。」

「嘻……熊寶寶有什麼好怕的？」

「不要再走了，」夏安發覺她們已深入森林，她感到十分不安：「族長說有熊寶寶就有熊媽媽，我們回去吧！」

她們戰戰兢兢的往回走，看到美麗的花、香甜的野果也不採，一心只想快快走回營地，可是，回去的路似乎變遠了。突然，背後發出一聲驚天動地的吼叫，這七個小女孩回頭看去，大驚失色：「不好了，黑熊來了……大家快逃呀！」

她們拼命地往前跑，有的跌倒了爬起來再跑，有的害怕得哇

哇大哭；小依娜落在最後，她嚇得幾乎跑不動了，夏安怕她被黑熊叼走便揹她跑。這隻黑熊肥又大，兩顆獠牙又尖又長，牠走過的地方樹枝紛紛斷裂，連松鼠都嚇得不見蹤影。

當她們快被追上時，正好經過一塊大岩石，夏安靈機一動大聲呼叫：「快，快爬到岩石上。」

大家手忙腳亂攀爬到岩石上面，才喘一口氣，黑熊已經追來了，牠在岩石下吼叫著，站立起來與岩石一般高，如果爬上來，她們便無路可逃。夏安要大家跪下來禱告：「好心的岩石，請救救我們吧！」

岩石聽到她們的祈求，就開始向上伸長，長成巨大的石柱，直到黑熊抓不到她們為止。

黑熊繞著岩石抓爬了很久都上不去，這才轉身離開。大岩石頂上沒有路可以下來，這七個印地安小女孩就一直留在岩石上面，最後升上天空變成金牛宮的七顆星星。

23 越南傳說——五色粥

越南鄉村，每逢農曆十五月圓的晚上，都要煮一鍋混合著各種豆子和米的豆粥來吃。這種習俗是源自一個有趣又發人省思的傳說。

很久很久以前，在越南北方山區有個東村，趁月圓的時候，準備舉行一年一度的迎神廟會；人們忙著殺豬宰羊，製作糕餅，祭祀神明。尤其是當天的營火晚會，可以吃喝玩樂到天明，更是

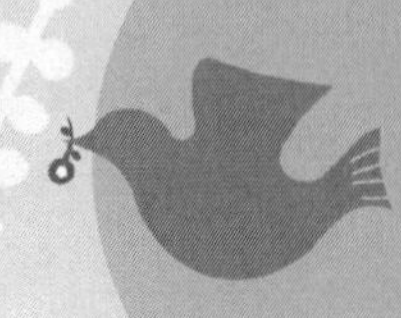

孩子所嚮往的。

這個消息傳到離東村不大遠的西村，村人都想趕來湊熱鬧。其中，有四個年紀一般大的女孩，瓜子臉的叫「青兒」，愛穿綠衣；大眼睛的「紅姑」，喜歡穿紅衣服；面孔粉嫩的「黃雀」，最常穿黃衫；一身古銅膚色的「黑美人」，就愛穿黑袍。

這四個女孩經常玩在一起，感情特別好。她們聽說東村有迎神廟會，自然不肯錯過。到了那天晚上，又圓又大的月亮剛剛出來，這四個女孩手牽手，踏著銀色的月光，一路嘻嘻哈哈的來到東村。

廟前廣場燃燒著熊熊營火，四周圍著大人和孩童，有的打鼓吹笛，有的唱歌跳舞。村中的孩童看見來了四個穿花衣裳的女孩，上前熱情的邀請她們一起跳舞。

青兒皺著眉頭說：「奇怪，他們怎麼都穿白衣服？」

「哼，跳舞也不穿漂亮些！」紅姑撇撇嘴。

「這村子的人全穿白衣服，一定和我們不同族，」黃雀和黑美人翻翻白眼說，「不理他們，我們玩我們的！」說完，四人自顧自的跳起舞來。

東村的孩童自討沒趣，滿腔的熱情降到了冰點，不由生氣的

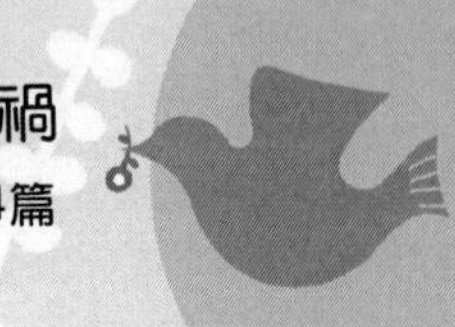

叫嚷起來：「有什麼了不起，妳們穿得花花綠綠的，哪有我們的潔白好看？」

雙方你一言我一語，吵得不可開交。

優閒的坐在樹梢上盪秋千的風公公，聽到樹下孩子的吵鬧聲，心裡有點煩，忍不住向躺在天邊的雲婆婆招招手：「哈囉，請你到月娘那兒走一趟好嗎？」

雲婆婆懶洋洋的說：「我這幾天很累，你偏來吵我……」

「別生氣，你不想動，那我來推你過去吧！」風公公低聲下氣的說。

於是，雲婆婆閉上眼，任由風公公輕輕的把她推送到月娘的面前。

正在天空遨遊的月娘，那張笑臉漸漸被雲婆婆遮住了，心裡有點不高興，又聽到孩子的吵鬧聲，更是生氣。心想，這些孩子太不懂事，只是衣服顏色不一樣，就吵來吵去，吵個沒完，將來長大成人，如果一言不合，不動刀動槍才怪！現在，最好先給他們一點警告和教訓。

月娘是神仙，法力無邊，當月光又照上孩子的身上，青兒立刻變成綠豆苗，紅姑變成紅豆苗，黃雀變成黃豆苗，黑美人變成

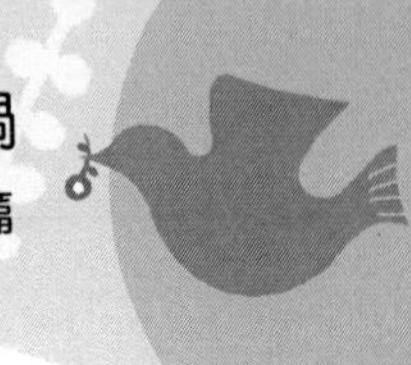

黑豆苗，穿白衣服的村童全變為稻秧。同時，月娘也向人們說：「如果以後你們不吵架、不鬥氣，相親相愛，這個地方就會風調雨順。」

這四個女孩到別人的村莊作客，態度傲慢，說話不禮貌，心裡很後悔，現在變成豆苗，只能乖乖的待在菜園裡。不過，風公公和雲婆婆怕她們寂寞，時常攜帶和風細雨來探望。

豆苗隨著四季的變化，開花、結果，成熟的豆莢爆裂出綠豆、紅豆、黃豆和黑豆。村童變成的稻秧長在田地裡，不久就成為一片綠油油的稻田，到了秋天，結實纍纍，收割後碾成白米。

從此以後，人們把各種豆子和白米混合煮成五色豆粥吃，表示不分彼此，大家和睦共處，互相幫助的意思。

24 寮國傳說——人和野獸

寮國北方有一條河，河邊有間草屋住了個捕魚郎。他小的時候，父母就去世，他在河岸的荒地上，種些瓜果希望養活自己。由於年紀小，力氣不夠，河水又常氾濫，辛苦種的瓜果都泡湯了；所以，他不種地，改去捕魚、賣魚為生。

捕魚郎從小養隻烏龜作伴，這隻烏龜有預知災難的本能。有一年夏天，天氣特別悶熱，烏龜對捕魚郎說：「我們這裡最近可

能會有大洪水，你平常捕魚用的船太小，必須造一艘大竹筏，才不會被洪水沖走。」

「天氣很晴朗，應該不會下雨吧！」捕魚郎雖然半信半疑，還是到附近的山上去砍了幾根粗大的竹子回來，打造一艘大竹筏。

他把竹筏推進河裡，用一根粗繩緊緊拴在河邊的大樹幹上，免得隨波漂流。竹筏造好不久，果然開始下雨，而且越下越大。下到第三天，河水暴漲，住在河邊的人家來不及逃走，連人帶屋被沖得不知去向。

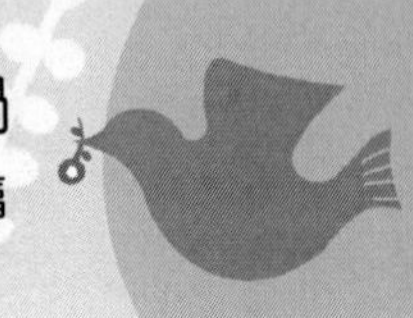

捕魚郎沒看過這麼大的洪水，他和烏龜不敢待在屋裡，蹲在竹筏上，只希望這場災難快過去。他們忽然看見一隻老虎在洪水中掙扎：「救命啊……救命啊……」

「大老虎會吃人！」

「不，你救我吧！我不會吃你，還要感謝你。」捕魚郎聽老虎這麼說，就把繩索拋過去救了他。

不一會兒，上游漂來一條大蟒蛇，有氣沒力的叫著：「好心的人救救我吧！」

看見奄奄一息的蟒蛇，捕魚郎心軟了，趕快拋出繩索拉他上

來。接著，又有一人在水中載浮載沉，捕魚郎心想野獸要救，人更要救，他冒險下水把那人抱上竹筏。

第七天，雨停了，洪水漸漸退去，被救的人、老虎和蟒蛇對捕魚郎說：「謝謝你救了我們的命，你的恩情，我們永遠不會忘記的！」說完各自走了。

第二年春天，國王帶領衛隊出宮巡視，有一天晚上在森林裡紮營，到了夜深人靜，有隻老虎悄悄把國王一支裝滿金銀的箱子啣走了。老虎一口氣跑到捕魚郎家說：「你曾經救了我的命，我特地送金銀報答你。」

「老虎是個有心的動物哩！」

捕魚郎很高興的收下箱子，打算用這些金銀建造新屋，娶個新娘。

天亮後，國王發現整箱的金銀不見了，一方面張貼佈告，一方面派遣部下四處搜查偷竊的人。

正巧那個在水中被救的人來探望捕魚郎，他進門瞧見牆角一箱金銀，正是國王失竊的東西。為了領賞金，他不顧捕魚郎救他的恩情，上國王那兒去告密，捕魚郎因而被捕。

老虎得到消息，急得頻頻發出吼叫：「蟒蛇弟，你躲到哪裡

去啦！恩人有難哪……」

纏繞在大樹上休息的蟒蛇，聽到老虎在召喚，就從森林深處遊走出來：「虎大哥，別著急，我來想辦法救恩人。」

「你……行嗎？」

「請你相信我的智慧和能力。」

於是，蟒蛇趁天黑潛入皇宮內，靜靜等待國王睡熟，牠從窗口噴毒霧進寢宮，國王吸入毒霧，臉色變死灰，人也昏迷。蟒蛇轉身又潛入監牢，給了捕魚郎一包解藥，並教他使用方法，然後，悄悄溜走了。

捕魚郎用這包藥救了國王，他誠實的說明整個事情發生的經過，國王聽了，很感動，不但赦免他的罪，還把那箱金銀送給他，幫老虎和蟒蛇完成報恩的心願，並且感慨的說：「沒想到，野獸知道感恩圖報，有些人反而見利忘義，那些人不如野獸哇！」

兒童文學28　PG1467

金蘋果惹的禍

——世界經典傳說24篇

作者／郭心雲
責任編輯／徐佑驊
圖文排版／周妤靜
封面設計／蔡瑋筠
出版策劃／秀威少年
製作發行／秀威資訊科技股份有限公司
114 台北市內湖區瑞光路76巷65號1樓
電話：+886-2-2796-3638
傳真：+886-2-2796-1377
服務信箱：service@showwe.com.tw
http://www.showwe.com.tw

郵政劃撥／19563868
戶名：秀威資訊科技股份有限公司
展售門市／國家書店【松江門市】
104 台北市中山區松江路209號1樓
電話：+886-2-2518-0207
傳真：+886-2-2518-0778

網路訂購／秀威網路書店：http://www.bodbooks.com.tw
國家網路書店：http://www.govbooks.com.tw
法律顧問／毛國樑　律師

總經銷／聯寶國際文化事業有限公司
221新北市汐止區康寧街169巷27號8樓
電話：+886-2-2695-4083
傳真：+886-2-2695-4087

出版日期／2017年3月　BOD一版　**定價**／250元
ISBN／978-986-5731-72-4

秀威少年
SHOWWE YOUNG

版權所有．翻印必究　Printed in Taiwan　本書如有缺頁、破損或裝訂錯誤，請寄回更換
Copyright © 2017 by Showwe Information Co., Ltd.All Rights Reserved

國家圖書館出版品預行編目

金蘋果惹的禍 : 世界經典傳說24篇 / 郭心雲著.
-- 一版. -- 臺北市 : 秀威少年, 2017.03
面 ;　公分. -- (兒童文學 ; 28)
BOD版
ISBN 978-986-5731-72-4(平裝)

815.93　　　106001774

讀者回函卡

感謝您購買本書，為提升服務品質，請填妥以下資料，將讀者回函卡直接寄回或傳真本公司，收到您的寶貴意見後，我們會收藏記錄及檢討，謝謝！
如您需要了解本公司最新出版書目、購書優惠或企劃活動，歡迎您上網查詢或下載相關資料：http:// www.showwe.com.tw

您購買的書名：________________________________

出生日期：________年________月________日

學歷：□高中（含）以下　□大專　□研究所（含）以上

職業：□製造業　□金融業　□資訊業　□軍警　□傳播業　□自由業

□服務業　□公務員　□教職　□學生　□家管　□其它______

購書地點：□網路書店　□實體書店　□書展　□郵購　□贈閱　□其他

您從何得知本書的消息？

□網路書店　□實體書店　□網路搜尋　□電子報　□書訊　□雜誌

□傳播媒體　□親友推薦　□網站推薦　□部落格　□其他__________

您對本書的評價：（請填代號　1.非常滿意　2.滿意　3.尚可　4.再改進）

封面設計____　版面編排____　內容____　文／譯筆____　價格____

讀完書後您覺得：

□很有收穫　□有收穫　□收穫不多　□沒收穫

對我們的建議：________________________________

____

____

____

請貼
郵票

11466
台北市内湖區瑞光路 76 巷 65 號 1 樓
秀威資訊科技股份有限公司 收
BOD 數位出版事業部

....

（請沿線對折寄回，謝謝！）

姓　　名：＿＿＿＿＿＿＿＿　年齡：＿＿＿＿　性別：□女　□男

郵遞區號：□□□□□

地　　址：＿＿＿＿＿＿＿＿＿＿＿＿＿＿＿＿＿＿

聯絡電話：(日)＿＿＿＿＿＿＿＿＿＿　(夜)＿＿＿＿＿＿＿＿＿＿

E-mail：＿＿＿＿＿＿＿＿＿＿＿＿＿＿＿＿＿＿